Mauro Fresia

ANONIMO

Qualsiasi riferimento a persone esistenti o fatti realmente accaduti è puramente casuale.

Editore: Lulu.com
ISBN 978-1-84799-340-3
Prima edizione dicembre 2007

Email: info@maurofresia.com
Web: www.maurofresia.com

Che bella questa storia,
non vedo l’ora di scriverla!

Ad Adele e Giovanni,

i miei genitori,

grazie per avermi

insegnato a vivere.

INDICE

Prefazione
Perché "Anonimo"?

Anonimo nasce da alcune idee che mi sono portato dietro, nella mente, per molti anni e che solo ora ho avuto il tempo e la voglia di scrivere (più la voglia che il tempo…) Il titolo è la conseguenza naturale del testo, perché il lettore attento noterà che in questo libro a nessun personaggio è stato assegnato un nome "di battesimo" e di nessun personaggio è stata fornita una descrizione dettagliata. Questo aspetto è volutamente concepito per lasciare a chi legge la libertà di associare a ogni protagonista un nome e una faccia. Penso che succeda a tutti di figurarsi nella mente il viso, il corpo, gli abiti e persino il timbro della voce degli eroi dei quali si legge nei libri.

Se dovessi parlare dei miei personaggi associandoli a volti noti, come quelli degli attori del cinema, vedrei bene il vecchio capitano creolo de Il diavolo della Guadalupa interpretato da Morgan Freeman, la madre de La cura impersonata da Kathy Bates, e Russel Crowe potrebbe essere L'ultimo conquistatore.

Non aggiungo altro, non voglio pilotare la fantasia di nessuno, ognuno disegni quelle facce nella propria mente come crede…

Mauro Fresia

IN TRAPPOLA

Era parecchio tempo che fuggiva. Nella foresta regnavano le tenebre e la fitta nebbia autunnale avvolgeva il paesaggio con un alone di mistero. I rami nerboruti e bassi gli ostruivano il passaggio e gli aculei dei rovi gli si conficcavano nei vestiti, lacerandogli la pelle e le carni. Correva senza fermarsi. Il sangue colava sul suo viso con flusso costante, negandogli la possibilità di vedere dinnanzi a sé e di respirare. Sentiva il sudore impastarsi con i vestiti che, aderenti al corpo, gli impedivano di correre velocemente. Le gambe gli facevano male ma non poteva fermarsi perché sapeva che quell'essere gli era alle spalle.

A un tratto ripensò a quello che gli era successo, quando era entrato in quella casa, del buio che la invadeva, del freddo che vi aveva sentito. Gli ritornò in mente il cigolio sommesso della porta; risentì quel respiro affannoso, rivide quegli occhi lucenti nel buio della stanza. Ebbe i brividi ripensando a quella mano gelida che gli aveva stretto il braccio e che poi era salita su, verso la spalla, fino ad arrivare al collo. Inorridì al pensiero del dolore che aveva provato quando i denti di quell'essere gli si erano conficcati nel cranio, quando la vista gli si era offuscata e il primo getto di sangue aveva iniziato a sgorgare. Ripensò, infine, al pugno che aveva sferrato nello stomaco dell'aggressore, alla mano che vi era penetrata con facilità e che gli aveva permesso di divincolarsi dalla presa e di fuggire nella foresta.

Correva a perdifiato. I rami iniziavano a diradarsi e poteva fuggire più velocemente. Le fronde, ora meno fitte, lasciavano intravedere il cielo. Guardando in alto vide la luna. Fu per lui come ritrovare un'amica persa in una marea di persone sconosciute.

Notò poi tra gli alberi, alla sua destra, un sentiero. Una nuova speranza gli si affacciò alla mente. Corse in quella direzione. Ora riusciva a procedere velocemente senza incontrare alcun ostacolo. Era contento, quasi rideva per la fortuna di aver scorto quel passaggio.

Udì poi un fruscio alle sue spalle. Sentì una mano afferrargli la caviglia e cadde a terra. Urtò il suolo con la testa e rimase stordito. L'umido odore della terra fredda si fondeva col calore del suo sangue che continuava a uscire dalla ferita. Intanto quell'affannoso respiro gli era ritornato all'orecchio e lui sapeva che quell'essere era lì, alle sue spalle. Alzò la testa e volse lo sguardo dietro. L'agghiacciante bianco di quegli occhi si ripresentò alla sua vista, lucente come la luna in uno sprazzo di cielo sgombro da nuvole. Abbassò lo sguardo, vide la voragine tra la carne del petto del suo aggressore dalla quale sgorgava un liquido di colore intenso, quasi nero. Inorridì a quella vista. Quell'essere restava immobile e continuava a fissarlo. Avrebbe voluto chiedergli chi fosse, cosa volesse, ma dalla sua bocca non uscivano che brevi suoni inarticolati. A un tratto le forze sembrarono ritornargli; cercò di liberarsi ma la stretta era molto forte. Diede uno strattone e la mano dell'aggressore scivolò dalla caviglia al piede, dove ritornò a stringere con decisione. Concentrò tutte le energie che gli rimanevano e iniziò a tirare con disperazione. Quando era quasi allo stremo delle forze s'accorse che la presa si stava allentando. Sentì la scarpa sfilarsi e, finalmente, il piede fu libero. Si alzò prontamente ma quella mano gelida lo colpì con un pugno alle reni. Rovinò nuovamente a terra. Con la vista distingueva a malapena le forme degli alberi. Tastando il terreno, sentì sotto le mani un ramo, vicino a lui. Lo afferrò e lo strinse saldamente. Si alzò. Il viso di quell'essere era a un palmo dal suo naso, il bianco delle pupille gli riempiva gli occhi e quel respiro affannoso gli passava caldo sulle guance. Senza esitazione alzò il bastone e lo scagliò sulla testa di quella creatura. Il legno le penetrò nel cranio. Quel cupo liquido ricominciò a sgorgare e uno zampillo gli schizzò la faccia. Si girò di scatto e iniziò a pulirsi con la manica. Si volse nuovamente e lo vide accasciato a terra. Emise un sospiro di sollievo e cadde in ginocchio, stremato, ma felice. Poi trovò la forza di rialzarsi e gli si avvicinò, lo esaminò dalla testa ai piedi: non era un uomo, le gambe erano troppo lunghe e slanciate, l'addome basso e tozzo, le braccia magre e interminabili; le mani, dalle quattro lunghe dita, erano dotate di unghie affilate come coltelli. La pelle del corpo era viscida e biancastra tanto che si potevano scorgere gli organi interni. Guardò poi la testa, due lunghi e aguzzi denti uscivano da una bocca relativamente piccola se proporzionata agli altri lineamenti del viso, il naso era appena pronunciato, gli occhi, bianchi più che mai, apparivano, sotto la luce della luna e sotto le palpebre quasi trasparenti, come due palle inconsistenti di gelatina che fuoriuscivano per buona parte dalle orbite. Oltre la sottile pelle della testa appariva una semisfera liscia e bruna, 'Il cervello di questo fottuto essere!' pensò. All'improvviso le palpebre si riaprirono e quegli occhi inquietanti lo fissarono. Inorridì e si chiese perché non fosse ancora morto, tuttavia non trovò il coraggio per colpirlo nuovamente, anzi, riuscì a stento a girarsi e a riprendere la corsa disperatamente.

Proseguì per un centinaio di passi fino a quando scorse in lontananza, tra gli alberi, delle luci. Una strada, pensò, o forse una casa e l'allegria gli ritornò sul viso. Vedeva le luci ingrossarsi a ogni passo, come una cosa cercata da tanto tempo che poi si presenta a portata di mano con estrema facilità. Era quasi arrivato, le piante si stavano diradando, quasi volessero lasciargli una piena visuale di quei bagliori. I suoi muscoli erano esausti. Arrivò finalmente là dove la foresta aveva fine, e i nodosi alberi lasciavano spazio a una calma distesa d'erba che appariva lucida sotto il riflesso della luna. Risentì il respiro affannoso avvicinarsi. Si chiese come avesse fatto quell'essere a non morire, poco prima, nella foresta. Questi pensieri, tuttavia, non lo preoccupavano più perché ormai era salvo. Osservò nuovamente l'immenso prato che gli si offriva dinnanzi, ma un brivido gelido gli percorse tutto il corpo: lui, quel posto l'aveva già visto! Alzò timoroso lo sguardo e si ritrovò davanti a quella casa. Alle sue spalle quel respiro risuonava tetro e sempre più vicino. Le forze gli si erano esaurite, non riusciva più a muoversi. Chiuse gli occhi. Fu allora che capì di essere in trappola.

2 marzo 1993

L'UOMO CHE SCOPRI' CHE IL PARADISO ESISTE DAVVERO

Sono contrario alla morte,
aspiro all'immortalità

Guidava, gli occhi fissi avanti, quasi nel vuoto, l'autoradio accesa. Era totalmente immerso nei suoi pensieri. Arrivava da Milano, là abitava suo padre. Abitava. Suo padre era morto due giorni prima e l'avevano appena sepolto. Ora lui stava tornando a Torino, a casa, dalla sua famiglia, la moglie e i due figli. Suo padre era stato tutto per lui, un esempio da seguire, una persona da imitare, un uomo forte e generoso che gli aveva insegnato tutto della vita, anche quando lui, più giovane, non lo voleva sentire.

Quando suo padre gli annunciò che era malato e che non c'era niente da fare, che aveva pochi mesi da vivere, gli si era gelato il sangue; non era riuscito a dire niente, si era accanito contro il cielo. Perché deve succedere? Perché, se Dio esiste, lascia che capiti una cosa del genere? Aveva pensato a questi e a molti altri quesiti in quei due mesi di agonia e ora, immerso nei suoi pensieri, gli stavano tornando in mente.

Ricordava di quanto si era intestardito a pensare sul come salvare suo padre. Impossibile. Neanche i migliori dottori ci stavano riuscendo. Per ora. Sì, per ora, perché lui era sicuro che nel futuro, neanche troppo lontano, chiunque potrà essere salvato.

Fantasticava, ma forse non erano solo fantasie; lui era arrivato al punto di crederci davvero. Era stato un periodo difficilissimo. Sua moglie era preoccupata per lui, lo vedeva assente. E lui era assente, avvolto dai suoi ragionamenti come non lo era mai stato prima.

Perché si deve morire? E soprattutto: c'è un metodo per non morire? Erano questi pensieri vaghi e senza logica. Per tutto quel tempo aveva cercato un'idea ma non gli era mai venuta in mente. Quell'idea gli venne quel giorno, a centotrenta chilometri orari sull'autostrada.

Sì, un metodo forse c'era ma non era sicuro che si potesse già realizzare con le tecniche scientifiche al momento disponibili, o forse sì? Si ricordava di aver sentito di alcuni esperimenti eseguiti su persone non vedenti. Una piccola telecamera, posta sull'occhio e collegata al cervello tramite un cavo elettrico, o qualcosa del genere.

L'esperimento non aveva avuto esiti soddisfacenti, i pazienti vedevano solo una vaga luce. Ma era comunque una vaga luce, meglio che niente, giusto? Quindi la trasmissione tra un'apparecchiatura elettronica e un organo umano era stata stabilita, i due colloquiavano, seppur balbettando e non capendosi perfettamente.

Ecco cosa succederà in futuro. Il cervello umano potrà essere collegato a un computer. Chiunque sarà in grado di scaricare i dati contenuti nella propria mente, come la memoria, le emozioni, il sapere, i sentimenti, su un hard disk. Ma quanto spazio può occupare un cervello umano scaricato su un hard disk? Quanti gigabites? E chi lo sa? Ma questo non sembrava turbarlo più di tanto e aveva ragione. Negli ultimi anni la tecnologia aveva fatto passi da gigante. Si ricordava, anni prima, quando un supporto da venti megabites era il migliore e adesso si arrivava già a quattrocento gigabites, ben ventimila volte tanto. Figuriamoci fra dieci o vent'anni cosa si avrà a disposizione. Quindi, superato questo intoppo, la sua mente poteva proseguire nel ragionamento. Sì, il cervello è collegato a un computer tramite un cavetto e tutto il suo contenuto è scaricato su pc. Questa è un'ottima soluzione per un corpo morente che non ha speranze, in fondo, quello che importa, non è salvare il nostro involucro materiale bensì la nostra mente che potrà essere poi impiantata su un altro corpo. In principio ci possono essere alcuni problemi di adattamento ma con il tempo ci si abitua certamente alla nuova collocazione. Sentiva che questa sua idea non era male, niente male e, infatti, gli venne da sorridere. Ma presto cambiò umore. Sì, ma dove si trova un nuovo corpo? Non li vendono mica al mercato. Volontari. Sì, gente che non vuole più vivere e piuttosto che buttarsi dal ponte si fa svuotare il cervello e se lo fa riempire con la mente di un'altra persona che, invece, di morire, proprio non ne ha voglia! Certo, questa è una soluzione, ma sono più le persone che muoiono di malattia che quelle che se ne vanno all'altro mondo suicidandosi. Di conseguenza, finirebbe come per i trapianti di organi, lunghe liste di attesa e la salvezza per pochi eletti. Senza considerare che inizierebbe un mercato nero di corpi umani. Persone rapite e vendute per ospitare la mente di una persona più agiata di loro. Sì, finirebbe proprio così, d'altronde, chi ha le possibilità finanziarie e sa che può evitare la morte, giocherà tutte le sue carte.

E poi, non aveva considerato che questo metodo può evitare anche la morte per vecchiaia. Una persona è vecchia, perché continuare a risiedere nel suo corpo stanco e malandato sapendo che presto morirà? Paga quello che devi a gente senza scrupoli e avrai il tuo corpo giovane e forte e potrai ricominciare tutto da capo. Questo è un bel problema etico, quei pazzi della chiesa non accetteranno mai una cosa del genere rischiando di mandare tutto a monte. Si potrebbe usare la clonazione, ognuno si fa confezionare un clone per poi impiantarci la propria mente e avere salva la vita. Anche questa è una bella idea, che risolve il problema del mercato nero dei corpi umani, ma anche in questo caso c'è il problema etico e si sa che non è di facile soluzione.

Ma poi la sua mente si illuminò. Ma perché ostinarsi a risiedere in un corpo umano? Se la nostra mente sarà scaricata in un computer, lì potrebbe rimanere. Basta configurare un server o una rete di server, molto potenti, in grado di ospitare tante menti. Ma come potrebbero interagire queste persone digitalizzate? Semplice, si creerà un software che simuli in tutto e per tutto l'ambiente dove le persone hanno vissuto, una specie di simulazione della Terra in 3D. In questi ambienti le persone potranno continuare a vivere così come hanno fatto sulla terra vera e propria, poiché il software potrà simulare in modo veritiero ogni cosa, anche i loro corpi, tanto che loro crederanno ancora di esistere materialmente.

Questa sì che era una buona idea. Rideva, rideva dalla contentezza. Guidava e rideva. Come non biasimarlo?

Gli venne in mente che aveva letto qualcosa del genere anni prima, su un libro di Isaac Asimov, nelle avventure di *Lucky Starr*. Gli abitanti di Marte, accorgendosi che il loro pianeta era destinato a diventare inospitale per la vita, si erano trasformati gradualmente in spiriti.

In quel momento gli venne un dubbio. E se tutto questo esistesse già e noi fossimo già proiezioni tridimensionali della nostra mente gestite da un software? Una specie di matrix. L'idea non gli piaceva per niente ma allo stesso tempo credeva che non fosse possibile: se fossimo davvero all'interno del computer, perché morire e non vivere per sempre? Giusto, se fosse così saremmo immortali e invece non lo siamo.

Un'altra idea gli attraversò la mente. Il suo piede schiacciò il freno e la macchina accostò sulla corsia di emergenza. Lui stava fissando il vuoto e sentiva di nuovo il sangue raggelarsi nelle vene, come quel giorno che suo padre gli annunciò la sua malattia. Quell'idea, quell'idea era forse la soluzione di tutto.

Lui era ateo, ma non lo era sempre stato, aveva trascorso la sua infanzia da buon credente, poi, verso i sedici anni, si era accorto che erano tutte fandonie e che nulla di quello che ci vuol far credere la chiesa è vero. Lui credeva solo a quello che poteva vedere. Di conseguenza aveva smesso di credere a Dio e a tutto il resto, paradiso compreso. Ora, quell'idea che aveva nella mente poteva rivoluzionare tutto e ribaltare la realtà delle cose. Il paradiso, un luogo dove l'anima delle persone morte va a riposare per l'eternità, un luogo di gioia dove nessuno ha bisogno del fardello del corpo terreno, ma solo dell'anima. Non era forse questa la descrizione esatta e combaciante del discorso che aveva appena formulato? Ma allora il paradiso esisteva davvero? Perché no, perché non credere. La chiesa da duemila anni lo andava affermando. Voleva ben dire qualcosa questa insistenza protratta per due millenni? Sì, il paradiso esiste e non è altro che la proiezione tridimensionale, in un ambiente creato ad hoc, della nostra anima che lascia il corpo materiale. Ora ne era convinto e ne aveva le prove, se non le prove scientifiche almeno un ragionamento sensato a supporto della tesi.

Era raggiante, era entusiasta. Sì, ora sapeva che era tutto vero e non perché preti e catechisti glielo avevano ripetuto per anni ma perché ci era arrivato ragionando. La ragione, che era stata la causa del suo allontanamento dalla fede, ora lo aveva riavvicinato a essa più che mai!

Nel frattempo era ripartito con l'auto; era rientrato nella carreggiata di marcia.

Era felice e lo era anche perché ora sapeva che suo padre non si era spento, non aveva visto il buio eterno dopo il trapasso, ma era felice, anima tra le anime, nel paradiso.

Ma perché non andarlo a trovare, ora che era convinto della sua esistenza, perché aspettare? La vita non sembrava importargli più di tanto, oramai. Vedeva la curva in fondo al rettilineo, il muro di cemento, là avrebbe trapassato la sua anima dalla vita terrena e quella ultraterrena, là avrebbe riabbracciato suo padre. Il piede premeva l'acceleratore fino in fondo, il motore ruggiva. Tra poco sarebbe successo.

Non aveva smesso di pensare, quello no, anche se la macchina sfrecciava e lui desiderava solo schiantarsi contro quel muro. Pensava alla vita, quella terrena, ma perché concedercela? Perché non nascere direttamente in paradiso? Eppure, se la vita terrena ci era stata donata a qualcosa probabilmente serviva. Ma a cosa? Lui non lo sapeva, oppure, non lo sapeva ancora. Giusto, anche del paradiso non era convinto fino a mezz'ora prima ma ora lo era, dopo anni di dubbi e di pensieri. Allora, anche la vita terrena aveva un suo significato che lui al momento non riusciva a cogliere, ma può darsi che l'avrebbe capito l'indomani, o dopo qualche mese o dopo qualche anno. Allora perché affrettarsi tanto a porle fine? Il muro era a pochi metri, fu allora che, con un rapido colpo di sterzo, lo evitò.

Sì, il paradiso poteva attendere, c'erano ancora tante cose da fare e da capire prima di andarci. Era elettrizzato, non stava nella pelle dalla contentezza. Avrebbe risolto anche quell'enigma ma non quel giorno. In quel momento, quello che voleva era solo arrivare a casa ad abbracciare la moglie e i figlioletti.

8 dicembre 2006

LA CURA

A tutto c'è rimedio

Venerdì, 1 dicembre

Il televisore era acceso. Lui guardava il telegiornale, in silenzio. La madre era affaccendata in cucina a preparare la cena, anch'ella taciturna. I due non si parlavano molto, praticamente per niente e non perché avessero litigato o perché ci fosse rancore tra loro. Lei fissava il figlio con gli occhi dolci di una madre, lo osservava con tenerezza.

Era lui che non le rivolgeva la parola da anni. In effetti, erano anni che non parlava con nessuno, da quella volta quando era morto suo padre, tragicamente ucciso da un maniaco. Era successo sei anni prima, quando lui ne aveva appena quattordici. L'uomo, che faceva il meccanico al piano terra dello stesso palazzo dove vivevano, fu accoltellato da un pazzo mentre lavorava. Il figlio arrivò in officina proprio mentre il bruto affondava i suoi colpi. L'assassino, visto il ragazzo, era scappato e la polizia, avvisata da un passante, era arrivata praticamente subito e aveva trovato il bambino che piangeva sul cadavere del padre. Il sangue, oltre che formare una pozza intorno al corpo, era schizzato sui muri e sugli scaffali, persino su quel vecchio giradischi che era sempre acceso, sempre con lo stesso vinile, i grandi successi di Paolo Conte, artista che il meccanico adorava.

Fu proprio grazie alla testimonianza del ragazzo che l'assassino fu assicurato alla giustizia. Ma da quel momento perse l'uso della parola, non si seppe mai se fosse diventato veramente muto o se fosse un blocco causato dal trauma psicologico o se non parlasse più per una sua scelta personale. Fatto sta che al processo rispose solo scuotendo la testa per dire sì o no, senza proferire parola. Il criminale finì in galera e dopo pochi mesi morì suicida impiccandosi nella sua cella.

La madre aveva imparato a conviverci, sapeva che non poteva farci niente. In tanti, tra specialisti, psicologi e psichiatri lo avevano visitato e si erano occupati del suo caso. Ma nessun tentativo di guarirlo era servito.

Morto il padre, il ragazzo dovette abbandonare la scuola e cercarsi un lavoro e lo trovò in breve tempo, anche grazie all'iscrizione alle liste dei lavoratori di categorie protette. Fu assunto in uno stabilimento per la produzione di ghiaia; era addetto all'impianto di frantumazione e quindi doveva indossare per tutto il tempo le cuffie per proteggere i timpani dal continuo e fragoroso rumore delle pietre che erano sminuzzate. Ci mancherebbe che, perso l'uso della voce, perdesse anche quello dell'udito. Il lavoro non gli dispiaceva e lavorava con impegno, portava a casa lo stipendio, il quale, aggiunto alla piccola somma che guadagnava la madre facendo le pulizie in un appartamento del palazzo, riusciva a mantenere entrambi.

I suoi colleghi di lavoro avevano sentito della tragica storia di quella famiglia e quindi sapevano il problema del ragazzo, di conseguenza non si dannavano troppo a insistere con domande e discorsi, sapevano che non avrebbero ricevuto risposta.

Ora, al telegiornale, parlavano di un nuovo omicidio, avvenuto la sera prima. Il *serial killer* aveva ucciso ancora, per la decima volta negli ultimi cinque anni e la polizia brancolava nel buio perché l'assassino usava sempre tecniche diverse e perché tra le vittime non c'era alcun nesso apparente. L'omicida uccideva uomini e donne, giovani e anziani, di qualsiasi estrazione sociale. L'unica affinità tra i vari omicidi era che il mostro agiva con una violenza inaudita, colpendo le vittime con il primo oggetto contundente che gli veniva a tiro e si fermava solo quando il cadavere era praticamente irriconoscibile. Come detto, la polizia non sapeva cosa dire e anche lo psicologo che seguiva il caso e che era intervistato ogni volta che si ripeteva un assassinio, continuava a ripetere che il criminale agiva a seguito di un raptus non si sa bene scatenato da cosa.

La madre a quel punto portò i piatti in tavola e spense il televisore, lui non ebbe nessuna reazione anche se stava seguendo con attenzione.

Sabato, 2 dicembre

Il sabato, la madre andò a fare le pulizie nell'appartamento al piano di sopra mentre il figlio uscì da casa presto per andare al parco. Ogni week end trascorreva tutto il tempo al parco lì vicino. La zona verde era davvero estesa e a lui piaceva camminare. Si sdraiava anche sull'erba a osservare i cigni nel laghetto, ma solo durante la bella stagione. La madre era solita preparargli un panino per pranzo e lasciarglielo sulla mensola di legno vicino alla porta, lui l'avrebbe preso con sé uscendo. Così i due si rivedevano solo la sera, poco prima di cena, quando lui rientrava dalla sua lunga passeggiata.

Domenica, 3 dicembre

La domenica lui ritornò al parco e lei rimase a casa a fare le pulizie e a lavare i panni come era solita fare la domenica oppure, a volte, il sabato pomeriggio. Si rividero a cena, come il giorno prima.

Lunedì, 4 dicembre

Il lunedì, come a ogni inizio settimana, i due si divisero e ognuno si recò sul proprio posto di lavoro; lei salendo due rampe di scale e lui camminando per mezz'ora fino allo stabilimento.

A pranzo lui mangiava alla mensa aziendale e quindi tornava a casa solo la sera verso l'ora di cena.

Così fecero per tutta la settimana, almeno fino al giovedì, perché il giorno dopo sarebbe stato l'otto dicembre, l'Annunciazione, e non si lavorava.

Venerdì, 8 dicembre

Il venerdì la madre si svegliò presto, preparò il panino per il figlio e uscì da casa per andare al mercato a fare la spesa.

Il figlio uscì poco dopo con il panino in tasca.

La sera la madre vide arrivare il figlio con passo affrettato e andare subito in bagno. Pochi minuti dopo sentì il rumore dell'acqua nella doccia. Dopo circa mezz'ora, il figlio era a tavola, lavato e cambiato, silenzioso come sempre.

Sabato, 9 dicembre

Il sabato, il figlio dormì fino a tardi rinunciando alla passeggiata nel parco, cosa davvero strana, che la madre notò tornando verso le dodici dal piano di sopra dove aveva lavorato come ogni giorno. Il panino era ancora al suo posto, là sulla mensola. Suo figlio era in bagno sotto la doccia. La madre iniziò a preparare il pranzo.

A tavola i due seguirono il telegiornale come sempre. Il primo servizio era relativo a un nuovo assassinio del mostro. La brutta notizia era che l'omicidio, brutale e violento come gli altri, era avvenuto a due isolati lì vicino. Il libraio all'angolo della strada era stato colpito ripetutamente con una radio. L'oggetto era probabilmente del negoziante stesso, perché non era un apparecchio portatile bensì un modello con alimentazione a energia elettrica a duecentoventi volt. La strada, in quel momento, era quasi sicuramente vuota perché nessun testimone si era fatto avanti alla polizia, oppure nessuno aveva voluto parlare per paura di fare la stessa fine. Come da copione, la polizia non sapeva che pesci pigliare anche perché le morti, che solitamente erano distanziate tra loro da mesi, questa volta erano avvenute in un intervallo ristretto e lo psicologo, intervistato come ogni volta, aveva espresso tutta la sua preoccupazione in merito al fatto che probabilmente il mostro stava intensificando la sua attività.

Nel pomeriggio, il figlio andò al parco e la madre rimase a casa per le pulizie settimanali e per fare il bucato. Frugando nelle tasche dei pantaloni, come usava fare prima di infilarli nella lavatrice, si accorse che uno dei fazzoletti del figlio era sporco di sangue ma lì per lì non lo notò perché lui soffriva spesso di emorragie dal naso.

Domenica, 10 dicembre

Una domenica come da copione, nessun avvenimento di rilievo.

Lunedì, 11 dicembre

Anche per l'inizio di settimana non ci fu niente di strano, anzi, la settimana filò liscia e veloce tra il lavoro del figlio allo stabilimento, le pulizie della madre all'appartamento del piano di sopra e il telegiornale che continuava a parlare delle due tragiche morti e documentava lo stato di agitazione generale degli abitanti della città.

Sabato, 16 dicembre

Il figlio prese il panino e si recò al parco mentre la madre trascorse il tempo lavorando. La sera, a casa, il telegiornale aveva nuovamente cattive notizie. Un nuovo omicidio era avvenuto, questa volta la vittima era il proprietario di un piccolo chiosco di panini. L'uomo era stato accoltellato. Il serial killer si era impossessato dello stesso coltello con il quale la vittima era solita affettare il pane. Anche il proprietario del chiosco, così come il venditore di libri, era a due passi da lì. Una scena raccapricciante si era presentata agli inquirenti e ai curiosi accorsi sul posto. Il corpo senza vita era appoggiato prono sul bancone e tutto il chiosco era in disordine, in particolare un vecchio registratore a cassette era stato buttato sull'asfalto e distrutto. In quel momento il figlio spense il televisore. Era strano, di norma era la madre a spegnerlo. La cena proseguì nel più rigoroso dei silenzi.

Domenica, 17 dicembre

Il figlio rimase a casa, stupendo nuovamente la madre. Quest'ultima pensò alla pulizia della casa e al bucato, e anche questa volta nel cestone dei panni sporchi notò qualcosa di strano: la manica del maglione del figlio aveva una macchia di sangue. Rimase interdetta ma non disse nulla.

Lunedì, 18 dicembre

La settimana riprese come al solito. Il telegiornale delle venti non parlava altro che della serie di violenti omicidi successi in città: tre in meno di un mese. La popolazione dava segni evidenti di nervosismo e ognuno aspettava con ansia le vacanze natalizie, ormai vicine, quasi sperando che il killer si congedasse, in quel periodo, dalla sua attività criminale.

Giovedì, 21 dicembre

La sera, al telegiornale, il capo della polizia aveva dichiarato che gli investigatori stavano battendo una pista che poteva anche essere quella giusta per portare all'arresto dell'assassino ma non aveva voluto rilasciare ulteriori dettagli.

Venerdì, 22 dicembre

Finalmente l'ultimo giorno di lavoro e poi sarebbe arrivato un meritato periodo di riposo. Persino la madre era stata esonerata dal lavorare, il giorno dopo, dalla signora dell'appartamento di sopra che stava per partire per la settimana bianca. Per madre e figlio stavano iniziando dieci giorni di vacanza.

Sabato, 23 dicembre

Il primo giorno di ferie.

La madre rimase in casa e si concesse un giorno di assoluto riposo a parte preparare il panino al figlio, che stava uscendo per la sua passeggiata nel parco, e preparare la cena. La sera, il televisore era acceso come al solito, sintonizzato sul telegiornale. Il capo della polizia aveva appena annunciato che l'indomani, alle venti, avrebbe tenuto una conferenza stampa in diretta per illustrare ai cittadini i notevoli sviluppi che avevano avuto le indagini sul mostro. Il nome dell'assassino non era ancora noto, ma il comandante voleva fortemente parlare alla stampa perché era sicuro che il progresso delle investigazioni avrebbe in parte tranquillizzato la gente in prossimità del Santo Natale.

Domenica, 24 dicembre

La vigilia di Natale.

A cena, alle venti in punto, il televisore era acceso e la tanto attesa conferenza stampa stava per iniziare. Il collegamento in diretta era appena partito. Finalmente ecco arrivare il capo della polizia con al seguito lo psicologo. Il militare iniziò a parlare annunciando che erano finalmente riusciti a stilare un quadro psicologico del killer e che probabilmente si era trovata la causa scatenante degli omicidi.

A quel punto al figlio cadde di mano la forchetta e la madre gli rivolse lo sguardo, sguardo che fu prontamente ricambiato. I due si guardarono per qualche secondo, ma appena il capo della polizia ricominciò a parlare, ottenne nuovamente la loro l'attenzione.

Il radioregistratore rinvenuto distrutto sulla scena dell'ultimo omicidio aveva lasciato perplessi gli inquirenti ed era nato in loro un dubbio, tanto che avevano ricontrollato le scene degli altri delitti ed erano arrivati a una deduzione interessante. In ogni luogo, dove il mostro aveva privato della loro vita innocenti persone, era stato trovato un dispositivo per la riproduzione del suono: nell'ultimo omicidio, quello del proprietario del chiosco, era un mangianastri; nel penultimo, il libraio, era la radiolina, tra l'altro, arma del delitto; in quello precedente c'era la filodiffusione; in quello precedente ancora uno stereo su una mensola. A quel punto aveva preso la parola lo psicologo aggiungendo che, a suo parere, essendoci tale analogia sulla scena di ogni omicidio, la causa scatenante dei raptus improvvisi del serial killer era da ricercare nell'ambito musicale.

In quel momento il figlio spense il televisore. La madre ebbe un sussulto, uno strano presentimento era appena nato in lei. La paura aveva iniziato a correrle addosso, sulla pelle. In un atto di coraggio prese il telecomando e lo riaccese.

Era nuovamente il capo della polizia a parlare. Gli investigatori avevano compiuto ulteriori e approfondite ricerche ed erano arrivati a una sconcertante scoperta.

In quel momento il figlio ebbe un sobbalzo.

La polizia aveva controllato dentro gli stereo e i radioregistratori quali cd e audiocassette erano inseriti. Aveva poi controllato su quali frequenze le radioline erano sintonizzate e avevano ottenuto dalle stazioni radio la sequenza delle canzoni trasmesse. Erano arrivati alla conclusione che in tutti i casi, all'ora esatta nella quale erano avvenuti gli omicidi, una canzone di Paolo Conte era in onda. Il capo della polizia stava sfoderando il suo sorriso, come se stesse annunciando il nome dell'assassino, ma il problema era che gli mancava questa fondamentale informazione. Aveva però fatto segno a uno dei suoi aiutanti, e così era iniziata una canzone dell'artista astigiano e tutti stavano in silenzio ad ascoltarla.

"Aaaahhhhh!"

Un urlo, come mai nessuno lo aveva sentito, lacerò il silenzio della stanza. La madre quasi cadde dalla sedia. Girando lo sguardo vide il figlio fissarla negli occhi, la bocca aperta in un grido che lei non gli sentiva cacciare da anni. Lui aveva raccolto un coltello dal tavolo e si era alzato. Con un balzo le era saltato addosso ma, per fortuna, cadendo, la madre era riuscita a prendere tra le mani l'arma, evitando così che questa la raggiungesse altrove. I due erano caduti sul pavimento, uno accanto all'altra. La madre aveva sentito un dolore straziante alla mano sinistra, il suo dito mignolo era stato amputato dalla lama e il sangue zampillava dal moncherino. Nonostante il dolore e lo spavento, la madre fu la prima ad alzarsi e a correre verso la sua camera. Sentiva che anche il figlio si era alzato e le era alle spalle. Entrò nella camera e chiuse la porta. Udì un forte colpo nel legno ma riuscì a dare un giro di chiave. Era salva, ma non per molto, la porta non era per niente robusta e il figlio la stava prendendo a spallate, emettendo urli disumani a ogni colpo. La mano le faceva un male atroce. Aveva iniziato anche lei a urlare ma nessuno poteva sentirla, la famiglia al piano di sopra era partita per le vacanze e lo stesso avevano fatto gli altri abitanti del palazzo.

Finalmente aveva realizzato. Ecco cos'era successo: quando suo marito era stato brutalmente accoltellato nell'officina, il figlio aveva assistito alla scena, il giradischi stava suonando il disco di Paolo Conte. Questo trauma l'aveva accompagnato negli anni e tutte le volte che sentiva una canzone di quell'artista, in lui scattava l'ira repressa e aggrediva chiunque gli fosse a tiro.

Lei non sapeva cosa fare, nella stanza non c'era nessun oggetto col quale difendersi da quell'impeto di pazzia. Sentiva i colpi che il figlio dava alla porta nel tentativo di sfondarla e, a ogni spallata, un po' di calcinacci cadevano dall'intelaiatura. Aprì la finestra e chiese aiuto, ma fuori non c'era nessuno; tutti erano in casa, incollati al televisore o seduti a tavola per la cena della vigilia. Era disperata, sapeva che presto la porta avrebbe ceduto e per lei non ci sarebbe stato nessun modo per difendersi. In quel momento, infatti, capitò quanto la donna temeva. Dal soggiorno arrivava il suono di quella canzone. Lui le corse incontro urlando e le buttò le mani al collo. La voleva strozzare e ci stava riuscendo. Lei non aveva più forze e la vista le si stava annebbiando. Si sentiva addosso le urla e l'alito caldo del figlio. I loro volti erano a pochi centimetri, l'uno dall'altro. Con le mani, la donna cercava di liberare il collo dalla stretta ma era impossibile, la forza del figlio era maggiore della sua. Finalmente ebbe l'idea e fece partire una ginocchiata all'inguine. Il figlio lasciò la presa balzando indietro con le mani a coprire la fonte del dolore. La donna non ci pensò due volte, prese in mano la sedia che era accanto al letto e, puntando le quattro gambe verso il figlio, iniziò a correre. Lui vide la scena solo all'ultimo momento, senza avere il tempo di parare il colpo e fu scaraventato contro il vecchio armadio al lato opposto del letto. Il colpo fu così forte che il mobile, che era a qualche centimetro dal muro, andò prima indietro e poi cadde in avanti travolgendo il ragazzo. Il rumore fu fragoroso. Era un vecchio armadio di noce, di quelli con le pareti spesse e pesanti e inoltre era pieno di abiti invernali. La donna cadde in ginocchio, con il fiatone. Il figlio sembrava non muoversi, solo la testa e un braccio spuntavano fuori. La madre credette che fosse morto ma quando si avvicinò e appoggiò due dita sul suo collo scoprì, quasi con piacere, che era ancora vivo, seppur privo di sensi.

Passò circa mezz'ora.

Il figlio si risvegliò. La luce era accesa. Sentiva dolore dappertutto. Provò con tutte le forze ad alzarsi, a strisciare via da quel peso, ad alzare quel mobile, ma l'armadio era pesante e lui non aveva punti d'appoggio, non ce l'avrebbe mai fatta da solo. Da dove era, all'altezza del pavimento, poteva vedere la madre in cucina, di spalle, intenta in qualche operazione che non riusciva a capire. La donna stava cercando qualcosa nei pensili sopra i fornelli. A un certo punto prese una botticella di plastica di colore rosso. Lui conosceva quel contenitore, era l'acido muriatico, quello che si usa comunemente come detergente o disincrostante. La madre continuò a trafficare per qualche minuto e poi andò verso lui. Solo quando gli fu davvero vicino lui si accorse che in mano teneva una peretta, di quelle che si usano per fare gli sciacqui alle orecchie, ma non capiva ancora che cosa lei avesse in mente. Il mignolo sinistro era fasciato e la fascia era intrisa di sangue. La donna si chinò verso lui e infilò la peretta nel suo orecchio destro. Lo avvolse una fitta di dolore come non l'aveva mai provata. Urlò, urlò a squarciagola, ma nessuno lo poteva sentire. Finito il primo orecchio, anche il secondo ebbe lo stesso trattamento, e lui continuò a urlare senza sosta, le lacrime agli occhi per il dolore. Finalmente uno svenimento pose fine alla sua agonia.

Lunedì, 25 dicembre

Il giorno di Natale.

Il ragazzo aveva dormito tutta la notte e solo il mattino dopo riaprì gli occhi. La prima cosa che sentì fu il dolore alle orecchie ma questa volta non urlò, non l'avrebbe più fatto. L'armadio era ancora lì, sul suo corpo, e lui non aveva né la forza né la voglia di scrollarselo di dosso. Vedeva la madre in cucina ma non la sentiva, il suo udito era compromesso dall'acido. La donna si era accorta che lui era sveglio. La vide arrivare. In mano aveva un cric da auto, di quelli che si usano per sostituire le ruote. Si avvicinava e brandiva quel pesante arnese. Quando i piedi di lei arrivarono vicino alla sua testa lui chiuse gli occhi, era convinto fosse la fine. Quel momento durò un tempo interminabile ma non successe niente. Quell'arnese non gli si conficcò nel cranio e la sua testa rimase intatta. Quando riaprì gli occhi vide la madre che lo guardava fisso nei suoi. Il cric era ora ben sistemato sotto l'armadio e lei stava girando la manovella. L'enorme peso che lo costringeva a terra si stava riducendo, lui sentiva il sangue scorrergli nuovamente in tutto il corpo ma non ce la faceva a muoversi, era come paralizzato. Alzò gli occhi e si accorse che quello sguardo gli era ancora addosso. Sua madre non l'aveva mai guardato così, con rabbia e decisione, capiva quello che lei gli voleva dire, sapeva che non doveva più aggredirla. Le gerarchie erano state ristabilite. Quando l'armadio fu sufficientemente sollevato, la donna smise di girare la manovella, gli prese le braccia e iniziò a tirare. Pian piano il corpo immobile del figlio uscì dalla tana dove era stato costretto tutta la notte. Quando fu totalmente libero, la madre ritornò in cucina e, come se niente fosse, iniziò a sbucciare le patate per il pranzo.

A quel corpo contuso e livido servirono tre ore per riprendersi, le gambe e le braccia ricominciarono lentamente a muoversi e lui riuscì ad alzarsi proprio quando la madre stava servendo in tavola. Le sue costole gli mandavano forti fitte, probabilmente qualcuna era rotta, ma per il resto solo qualche livido e qualche escoriazione. Anche le orecchie non lo lasciavano in pace ma, in fondo, era vivo, e questo era già tanto. Si incamminò verso la tavola e si sedette. Non mangiò molto, non aveva molta fame.

I giorni seguenti i due rimasero a casa, la madre medicò più volte il suo dito e le ferite del figlio e anche le sue orecchie. Lui alzò e rimise a posto quel vecchio armadio che l'aveva tenuto prigioniero per un'intera notte.

Alla fine delle vacanze tutte le ferite si erano rimarginate e tutti i lividi erano spariti. La signora del piano di sopra aveva notato subito il dito mozzato della donna delle pulizie ma aveva preferito non chiedere spiegazioni.

Il figlio non aveva recuperato l'udito, ma nessuno allo stabilimento se n'era accorto, tutti erano abituati a quel ragazzo taciturno e quindi nessuno gli parlava e poi, con quelle cuffie in testa tutto il tempo, chi poteva sospettare?

Anche il telegiornale delle venti aveva smesso di parlare degli omicidi nonostante lo psicologo avesse assicurato che il mostro avrebbe ben presto ripreso a uccidere. Nulla era più successo e pian piano tutti si erano dimenticati di quella striscia di morti violente tanto che alla radio avevano ripreso a suonare le canzoni di Paolo Conte.

24 dicembre 2006

PAURA

Siete sicuri di aver provato la vera paura?

Era sdraiato sul suo letto, aveva ancora nelle narici l'odore acre del vomito. La paura gli era addosso e gli correva sulla pelle. Era al buio, era stanco, ma non voleva dormire. Aveva paura di addormentarsi. In effetti, aveva bisogno di riposo ma non sapeva se si fosse addormentato o se fosse rientrato in coma e questo dubbio lo divorava.

La sera prima, il suo compleanno, aveva festeggiato, forse anche troppo. Per prima cosa si era trovato al bar con gli amici, un paio di Negroni erano andati giù lisci come l'olio, tanto per iniziare la serata. Due chiacchiere e una sigaretta poi tutti in auto verso il ristorante. Il locale era di quelli giusti dove ti servono tante portate e non economizzano sul vino. Quella sera si era deciso di bere vino bianco, Arneis nella fattispecie, e nessuno, neanche le donne, si erano preoccupate di ordinare una bottiglia d'acqua, a cosa serviva? Le bottiglie morte sul tavolo erano numerose ma nessuno aveva intenzione di smettere di bere e le cameriere continuavano a portarne di nuove. Il buonumore serpeggiava tra i commensali, nessuno voleva essere da meno. Qualcuno aveva tirato fuori dal cappotto una scatola di sigari, quelli cubani, i migliori. Subito l'odore di tabacco si era sparso per la sala. Erano arrivati al caffè e lui l'aveva corretto con della grappa, tanto per gradire. Poi, per concludere, avevano ordinato del rum. Vuoi non fumarti un buon cubano bevendo un buon rum? L'alcol era caldo in bocca, non bruciava più perché la sensibilità se n'era andata qualche ora prima, finita la prima bottiglia di Arneis. Il gioco era di tenere il liquore in bocca, dare una bella tirata al sigaro e buttare giù tutto assieme, alcol e fumo. Gli occhi ti si iniettavano di calore e di lacrime ma l'esperienza era da sballo. Poi, finito il sigaro, qualcuno aveva proposto l'ammazza caffè. Qualcun altro aveva chiesto se non era già stato il rum l'ammazza caffè, ma lui aveva prontamente chiamato la cameriera e, con voce pastosa, aveva ordinato una bottiglia di grappa. La testa gli girava alla grande e le persone sedute al tavolo gli sembravano personaggi usciti da un quadro di Edvard Munch. Ecco la grappa, la bottiglia era davanti a lui e lui non si era nemmeno accorto dell'arrivo della cameriera. Era cotto, stracotto. Aveva afferrato la bottiglia e aveva iniziato a versare la grappa nei cicchetti, i piccoli bicchieri da superalcolici. Aveva il formicolio alle mani e non era sicuro di mirare un così piccolo bicchiere, allora, perché non afferrarlo direttamente con la bocca? Si era chinato verso il bicchiere e lo aveva stretto tra i denti, poi aveva alzato la testa di scatto e tutto il contenuto gli era finito dritto in gola. Sentiva applaudire i suoi amici, applausi lontani, molto lontani, ma ciò non gli aveva impedito di ripetersi una, due, tre volte. Era il re della serata, nessuno gli era stato dietro nel bere, d'altronde era il suo compleanno e bisognava festeggiarlo alla grande.

Poco dopo si era accorto che tutti si erano alzati e allora si era messo in piedi anche lui, seppur con difficoltà. Aveva lasciato il portafoglio a una sua amica con preghiera di pagargli il conto ed era uscito per primo all'aperto. Lì, aveva acceso una sigaretta, appoggiato al muro. Per fortuna, quella sera, già prevedendo che si sarebbe devastato, aveva preferito scroccare un passaggio. Si era sentito stringere il braccio, la sua amica lo stava accompagnando all'auto. Una volta seduto aveva sentito che si stava andando alla discoteca lì vicina per finire la serata ballando.

Il locale era davvero vicino, a due minuti di macchina, ma lui si ricordava di non esserci mai arrivato. Il buio l'aveva preso, un buio fitto.

Si era svegliato solo quattro ore dopo, sdraiato su un letto di ospedale, con la flebo nel braccio. La prima cosa che aveva visto era la sua amica, che era seduta di fianco a lui e che lo aveva aspettato per tutta la notte.

Ma cosa era successo?

Lei glielo aveva raccontato. Arrivati in discoteca tutti si erano gettati in pista, lui aveva iniziato ad attaccar rissa con un ragazzo che gli stava ballando dietro. Quando si era vicini a far volare i pugni, i suoi amici lo avevano tirato via. Allora, stizzito dalla cosa, era andato, da solo, nella saletta accanto, quella piccola, dove si suona la musica revival. A quel punto tutti lo avevano perso di vista e, dopo due ore, avevano iniziato a preoccuparsi e a cercarlo, ma senza fortuna. Avevano poi chiesto informazioni ai buttafuori e loro se lo ricordavano, quel pazzo che aveva iniziato a spogliarsi in pista, via la giacca, via la camicia e la maglietta, era rimasto a torso nudo, facendo roteare sopra la testa quanto si era tolto. I ragazzi della sicurezza lo avevano preso e sbattuto fuori e da lì in poi non se ne sapeva più niente. La sua amica era uscita ma lui non c'era; aveva provato a chiamarlo sul cellulare ma lui non rispondeva. Era disperata. Aveva provato a richiamare e finalmente qualcuno aveva risposto: era un dottore dell'ospedale. Il suo amico era stato raccolto fuori della discoteca, dove era stato rinvenuto sdraiato, seminudo, sporco di vomito e in stato comatoso. Gli amici erano tutti corsi in ospedale, nessuno escluso, lui era nel letto, in coma etilico con la flebo di fisiologica che gli allungava l'alcol nel sangue. Pian piano era venuto tardi e tutti se n'erano andati. Tutti tranne la sua cara amica che era rimasta lì, con lui.

Alle sei del mattino, dopo due litri di fisiologica, aveva finalmente aperto gli occhi. Il dottore gli aveva fatto una lunga ramanzina sul come era stato stupido, sul come avesse sfiorato la morte e altri rimproveri ai quali lui aveva risposto distrattamente. La cosa che più lo stupiva era che si sentiva bene, perfettamente disintossicato. Le altre volte che si era ubriacato, e non tanto quanto quella volta, la mattina dopo, al risveglio, sentiva le campane nelle orecchie, ma quella volta no, nessun rumore strano, niente che girava. Benedetta fisiologica! Voleva quasi chiederne due sacche al dottore da usare a casa in caso di necessità, ma poi, ripensandoci, aveva preferito non avanzare una simile richiesta.

Solo allora si era accorto che, sotto le lenzuola, indossava solo gli slip e un piccolo camice verde. L'ago della flebo era ancora nel suo braccio e lui l'aveva preso e staccato nonostante la sua amica si fosse opposta. Ma lui non voleva stare oltre in ospedale. Il dottore non era per nulla d'accordo e voleva trattenerlo fino al pomeriggio per monitorare la situazione e pompargli un altro litro di quella magica soluzione nelle vene, ma lui era insindacabilmente contrario. Allora, il dottore, fattogli firmare una liberatoria, l'aveva spedito nella stanza accanto per cambiarsi prima di uscire.

L'infermiera gli era venuta incontro con un sacco nero della spazzatura. Lui era perplesso, ma la sua amica gli aveva spiegato che il suo bel completino della festa era zeppo di vomito ed era stato conservato lì dentro. Non aveva mai provato tanto schifo in vita sua. Sì, lo sbocco era il suo, ma emanava un odore irrespirabile e non c'era un centimetro quadrato del suo vestito che non ne fosse intriso. Eppure alternative non ne aveva: o mettere quell'abito o andare a casa in mutande. Per fortuna era mattino presto e nel tragitto, dall'uscita dell'ospedale alla macchina della sua amica, non incontrò nessuno. In auto chiese scusa più volte e ringraziò per la vera amicizia che gli era stata dimostrata quella notte; non l'avrebbe scordato. Davanti al portone di casa aveva rifiutato la proposta di lei che lo voleva accompagnare fino in casa; quell'ultimo briciolo di dignità che gli era rimasta glielo impediva. Una volta in casa, la doccia era il primo passo obbligato e poi si era buttato sul letto.

Ed eccolo lì, con la paura addosso, la strana sensazione di non sapere, il timore che il buio lo prendesse di nuovo. Sonno, aveva tanto sonno ed era stanco, molto stanco, ma come faceva a essere sicuro che fosse voglia di dormire e non i sintomi di un nuovo coma che stava sopraggiungendo? E se fosse rientrato in coma, chi l'avrebbe salvato questa volta? Chi avrebbe chiamato il 118? Paura, aveva già avuto paura in passato, come quella volta che cadde dal secondo piano giù nel canale, ma solo ora si era accorto di non aver mai provato la paura vera, quella che ti gela il sangue nelle vene e ti paralizza. Guardava verso le persiane. Fuori era quasi l'alba, la luce stava per rischiarare il buio della notte. Non ce la faceva più, doveva per forza chiudere gli occhi, era un bisogno fisico, ma lui non voleva e non poteva. Ma cosa fare altrimenti? Prima o poi avrebbe comunque dovuto e allora chiuse gli occhi e subito si addormentò.

30 dicembre 2006

IL DIAVOLO DELLA GUADALUPA

Ad Anya, il mio amore
ti ricordi com'era bello?

Madame Coco, la signora Coco, o meglio, come mi piace chiamarla affettuosamente, Mamma Cocco, era una donna di colore, una strega di *Anse-Bertrand* e innamorata di un uomo del suo paese, corteggiato da molte donne (si narra che avesse stipulato un patto con il diavolo in modo tale da avere abiti sempre nuovi e belli per vincere la concorrenza delle altre spasimanti). Lei, però, non era riuscita a mantenere le promesse fatte e il diavolo, irritato dal suo comportamento, aveva inviato un'onda per trascinarla via con sé. Così, gli abitanti dell'isola l'avevano vista andarsene sull'acqua verso l'orizzonte con in mano il suo inseparabile ombrellino parasole di colore rosso sgargiante. Tutto ciò era successo alla *Porte d'Enfer* ed era subito nata la diceria che, chiunque avesse fatto il bagno tre volte in quella lingua di mare invocando Madame Coco la strega, sarebbe diventato invulnerabile.

Questa è la leggenda della mitica signora Coco, ma ce n'è un'altra, nata in un secondo momento, anch'essa legata alla strega e al diavolo della Guadalupa, leggenda della quale io sono stato testimone e della quale, in un certo senso, ho facilitato la diffusione tra la gente dell'isola. Ma andiamo con ordine.

La storia che mi accingo a raccontare è avvenuta in Guadalupa, o come la chiamavano i primi popoli caraibici che si stabilirono qui, *Karukera*, l'isola dalle belle acque, un piccolo arcipelago delle Antille Francesi, nei Caraibi. L'isola principale, a forma di *papillon*, è divisa al centro da uno stretto canale di mangrovie chiamato *Rivière Salée*, a est del quale si trova la *Grand-Terre* con le sue dolci colline coltivate a canna da zucchero. A ovest, invece, si estende la *Basse-Terre*, terra umida e selvaggia, coperta da foreste tropicali fitte e lussureggianti che si arrampicano sulle pendici della *Soufrière*, il vulcano che domina, dall'alto dei suoi millecinquecento metri, il paesaggio circostante. La *Soufrière* è, in effetti, il nostro vanto e uno dei simboli della nostra terra, nessun altro rilievo montuoso in tutti i Caraibi lo sovrasta.

La Guadalupa fu avvistata per la prima volta da Cristoforo Colombo nel 1493, allora l'isola era abitata dagli Indiani Caribi.

Gli Spagnoli, nel corso di tutto il cinquecento, cercarono più volte di invadere la nostra terra, ma furono prontamente respinti dalla fiera resistenza della popolazione locale.

Vennero poi i Francesi che sbarcarono sulla costa sud orientale di *Basse-Terre* nel 1635 prendendo possesso dell'isola ed espellendo i Caribi. Così furono impiantate le prime colture, fu costruito il primo stabilimento per la produzione dello zucchero e iniziarono ad arrivare i primi schiavi.

La colonia era così fertile e generosa di prodotti che gli Inglesi cercarono più volte di occuparla nel giro di quasi tre secoli.

Dal 1871 la Guadalupa ha una rappresentanza nel parlamento francese e dal 1946 è ufficialmente un *département d'outre-mer* della Francia.

Divenni *chef de gendarmerie* di *Trois-Rivières* verso la fine del 1968. Ai tempi ero giovane e prestante, pieno di voglia di fare, tutto il contrario del vecchio e stanco creolo che sono oggi. Il mio compito era di dirigere la piccola stazione. Le mansioni dei miei dipendenti non erano molto variegate e per lo più si limitavano a sorvegliare la zona del porto dal quale partivano navi commerciali e qualche traghetto turistico che collegavano la *Basse-Terre* con il piccolo arcipelago di *Les Saintes*. Mantenni la mia mansione per oltre trent'anni, da quel 1968. In quell'anno negli Stati Uniti e in Europa erano nati movimenti studenteschi di protesta e io, che ero sempre vissuto nella mia cara isola, credevo fermamente che quel subbuglio non sarebbe mai arrivato nel mio piccolo paradiso, ma mi sbagliavo. Quella violenta "onda anomala" sarebbe arrivata, in ritardo di qualche anno, ma con una carica esponenzialmente maggiore.

La leggenda del diavolo della Guadalupa si svolse nel 1976. Era maggio. E maggio è il mese più bello sull'isola. Il periodo secco non è ancora finito e quello umido e afoso non è ancora iniziato. I *flamboyant* sono al culmine della loro bellezza con le foglie fitte che fanno da sfondo al rosso acceso dei loro fiori; ovunque è un tripudio di colori e i colibrì volano freneticamente da un cespuglio all'altro.

In quel maggio, però, la poesia della natura fu interrotta da una breve scossa di terremoto. Me lo ricordo come fosse ieri. Ero sdraiato nel mio letto, al secondo piano. Non avevo sonno quella notte, quasi come se stessi attendendo inconsciamente quello che sarebbe successo. La ventola appesa al soffitto, eternamente accesa per attenuare il caldo, aveva iniziato a dondolare e dalla finestra erano arrivati urla di persone spaventate e l'abbaiare costante dei cani. Ero saltato giù dal letto, mi ero messo l'abito di ordinanza ed ero sceso in strada. Eravamo in tanti, nelle vie del borgo, tutti impauriti e inconsapevoli di quello che era appena accaduto. Qualcuno aveva poi puntato il dito verso la cima della *Soufrière*. Nonostante il buio della notte si scorgeva una sottile striscia di fumo uscire dalla punta del vulcano. Tutto ciò non era mai successo prima, a memoria d'uomo. Gli anziani avevano iniziato a indicare il fenomeno come presagio di sventura e di morte. In effetti, non si sbagliavano di molto perché quella notte la passai insonne, alla *gendarmerie*. Quanto era accaduto andava monitorato, le chiamate erano numerose, per lo più erano persone spaventate, ma qualche situazione seria si era presentata: alberi caduti sui tetti, strade bloccate, e un paio di anziani che erano morti d'infarto, il loro cuore non aveva retto allo spavento.

Il mattino dopo, tutto sembrava tranquillo. Presi con me due gendarmi e facemmo un giro di pattugliamento. Per prima cosa controllammo la strada lungo il mare da *Bananier* fino giù a *Vieux-Fort*, scrutando l'acqua e le case costruite sulle scogliere; poi penetrammo nell'interno. Le scosse sismiche non avevano arrecato grandi danni se non un po' di spavento e il risvegliarsi di vecchie leggende secondo le quali la colonna di fumo era tutto tranne che bene augurante.

Ritornato in caserma, seppi via radio dal comando generale di *Pointe-à-Pitre* che l'indomani sarebbero arrivati da Parigi alcuni scienziati specializzati in sismologia per studiare il fenomeno. La notizia si sparse in fretta, ma non risollevò il morale della popolazione, anzi, sembrava aver ottenuto l'effetto contrario. Pareva quasi che la popolazione, quella nera e la creola, fosse gelosa del vulcano e non volesse che quei francesi bianchi venissero a esaminarlo.

In effetti, era da qualche tempo che un nuovo astio era nato verso la Francia dominatrice e padrona. Alcuni movimenti indipendentistici, nati grazie al riflesso degli ideali sessantottini, arrivati qui con netto ritardo, erano sorti e avevano ben presto preso piede, specie nelle campagne, laddove le grandi piantagioni, quelle più belle e redditizie, erano detenute da francesi immigrati di recente o dai figli di francesi venuti qui non più tardi di venti, trent'anni prima. Questi contrasti si erano inevitabilmente insediati nella rivalità tra la razza nera e quella bianca. Noi creoli, la popolazione nera e quella mulatta non vedevamo di buon occhio la minoranza bianca composta di ricchi proprietari terrieri che sfruttavano le risorse della nostra cara isola. La situazione era pesante, tanto che alcuni bianchi, coloro i quali non avevano molto che li legava alla Guadalupa, avevano già fatto fagotto per rientrare in Francia. Quanto sarebbe successo a breve sarebbe stata la scintilla che avrebbe acceso il fuoco dell'ira. Ma andiamo con ordine.

Il giorno dopo i tre capoccioni arrivarono da Parigi verso le dodici. Essendo il vulcano situato nel territorio di competenza della mia gendarmeria, ero stato incaricato di riceverli in aeroporto e di scortarli direttamente a *Vieux-Fort*, dove si sarebbero organizzati per raggiungere, il mattino seguente, le pendici della *Soufrière* per iniziare i loro studi. Arrivammo alla piccola pensione che li avrebbe ospitati quella notte verso il tardo pomeriggio e io li lasciai lì davanti, ben contento di sbarazzarmi di loro. Tornato a *Trois-Rivières,* chiesi al mio vice di prendere con sé un gendarme e portare agli scienziati un piccolo fuoristrada e delle radio trasmittenti da utilizzare in caso di bisogno.

Il mattino dopo sentii al giornale radio che durante la notte un uomo bianco, figlio del proprietario di uno zuccherificio, era stato accoltellato a morte in un bar di *Pointe-à-Pitre*. L'assassino, un mulatto poco più che diciottenne, era stato catturato quasi immediatamente e adesso, davanti al comando centrale della polizia della capitale, si era raccolta una folla solidale nei confronti del ragazzo che, come inneggiavano i manifestanti, aveva commesso un vero e proprio atto eroico. Durante la mattina la situazione andò peggiorando tanto che mi fu richiesto il distaccamento di quattro gendarmi. Io li inviai prontamente e lo stesso fecero tutte le gendarmerie più grandi dell'isola. Alle tredici, la folla intorno alla caserma che deteneva il giovane assassino constava di migliaia di persone e sarebbe bastato uno starnuto per far scoppiare una guerra, ma per fortuna non successe nulla, o quasi. All'improvviso una nuova scossa arrivò e fece tremare i muri e le gambe. La folla si disperse urlando. Quel secondo terremoto durò due, forse tre secondi, ma fu terribilmente violento. Alcune case andarono giù e altre furono irrimediabilmente lesionate. L'aspetto positivo fu che per tutta la giornata nessuno si curò più della lotta razziale.

L'aeroporto rimase chiuso tutto il giorno e la notte, ma il mattino seguente, alla riapertura dei battenti, verso le sette, una fila interminabile di persone, quasi tutte bianche, era in attesa di prendere il primo volo e lasciare quell'isola che si era dimostrata improvvisamente tanto violenta e inospitale. Natura e uomini sono sempre stati in sintonia a *Karukera*. Il mare calmo, la terra generosa, le dolci colline erano abitate da uomini miti e laboriosi, ma ora che la vena violenta fuoriusciva dai più reconditi antri della terra anche gli uomini dovevano sfogare la loro ira.

Naturalmente, quel giorno, non tutti furono fortunati, anzi, solo poche persone riuscirono ad avere il loro posto sull'aereo per volare lontano. Durante la notte la maggior parte della gente che non era riuscita a ottenere un biglietto, dormì alla bell'e meglio nell'aeroporto, con la fiducia che il giorno dopo avrebbe avuto miglior fortuna. Il mattino seguente si seppe che da Parigi e da Nizza erano partiti voli speciali per venire incontro alla smisurata richiesta.

Quella mattina vidi arrivare i geologi in caserma, ma non tutti, solo due. Il terzo, mi dissero, sarebbe rimasto sul vulcano per qualche giorno a finire certi esami, ma solo per scrupolo, poiché non sussisteva nessun pericolo reale. Infatti, a quanto riferirono gli scienziati alla tivù, appena arrivati a *Pointe-à-Pitre*, non c'era da preoccuparsi delle scosse sismiche dei giorni precedenti: normale attività vulcanica. Io avevo seguito quella conferenza stampa, ma non ero molto convinto che quella fosse la verità. Avevo visto i due scienziati appena arrivati in gendarmeria: la loro faccia spaventata e la loro manifesta premura di lasciare l'arcipelago erano segnali in netto contrasto con le loro parole. A quanto pare non fui l'unico a pensarla in quel modo perché lo sciame di persone verso l'aeroporto non cessò, quasi tutti volevano lasciare l'isola o in ogni caso allontanarsi dal pericolo. Anche a *Trois-Rivières* avemmo il nostro bel da fare. Chi non poteva permettersi il volo, veniva là, nella speranza di poter prendere il traghetto verso *Les Saintes* o *Marie-Galante* o verso *Petite-Terre* se non si poteva avere di meglio. La piccola piazzetta di fronte al molo era gremita di gente e nessuno voleva attendere. Erano nati tafferugli per chi doveva salire sul traghetto e chi doveva aspettare il seguente, e noi dovemmo sedare diverse risse e qualche testa calda finì al fresco.

Il giorno dopo, nuovi tafferugli accaddero nella capitale e due creoli uccisero un bianco in una strada del centro. La polizia pattugliava continuamente la città e i due assassini furono colti in flagrante e prontamente arrestati. La notizia volò di bocca in bocca tanto rapidamente che la sera la piazza di fronte alla gendarmeria era stracolma di gente. C'era un problema aggiuntivo ed era quello che i gendarmi di *Pointe-à-Pitre* altro non erano che ufficiali dell'esercito francese dislocati nel comando generale del *département d'outre-mer* della Guadalupa. Erano quindi tutti bianchi e francesi, francesi di Francia intendo, perché anche noi isolani siamo, in pratica, francesi. Non c'era situazione peggiore, ma il capitano contribuì a renderla esplosiva. Quella notte, infatti, diverse tecniche non letali furono provate per disperdere la folla e ristabilire l'ordine. Per prima cosa, dell'acqua a pressione fu spruzzata sulla piazza, poi si provò con i fumogeni, ma questi tentativi non fecero altro che innervosire ulteriormente i più facinorosi che, supportati e imitati da tutti gli altri, iniziarono a premere seriamente sui cancelli e a tirare pietre e quant'altro capitava loro tra le mani. Fu a quel punto che il capitano passò alla linea dura ordinando di aprire il fuoco. Fu una notte di sangue, in molti morirono in quella piazza, alcuni per le pallottole, altri soffocati dalla folla, altri ancora calpestati dalla gente in fuga. Al mattino la piazza era sgombra di persone vive ma semipiena di persone morte. L'ordine era stato ristabilito con il sangue, ma non sarebbe durato a lungo perché quella notte era stato oltrepassato il punto di non ritorno.

Nella tarda mattinata, un boato attraversò l'isola e si fece sentire anche dagli arcipelaghi vicini. Una fontana di lava iniziò a uscire dalla *Soufrière*, un lungo fiume rosso ardente. Gli zampilli fuoriuscivano dalla cima e un secondo cratere si era aperto sul lato ovest, verso *Basse-Terre*. La quantità maggiore di lava arrivò nel territorio della mia gendarmeria, fino a buttarsi in mare tra *Bananier* e *Trois-Rivières*. Fu un avvenimento spettacolare e agghiacciante al tempo stesso. Gran parte della foresta tropicale sul lato orientale del vulcano fu spazzata via, carbonizzata, convertita in vapore, fumo e cenere. Fortunatamente la zona era disabitata e solo pochissime persone morirono durante quell'eruzione. Si ebbe la stessa fortuna anche con la colata a ovest che non arrivò fino a *Basse-Terre*, il primo centro abitato del lato occidentale. La fuoriuscita di materiale lavico continuò per tutto il giorno e tutta la notte. L'ansia era palpabile. Lavorai per quarantotto ore di fila aiutando gli sfollati delle campagne.

Fu la più grande catastrofe che ricordi, fu terribile.

Il giorno dopo seppi via radio che l'attività vulcanica si era fermata, due elicotteri partiti da *Pointe-à-Pitre* avevano sorvolato la zona per monitorare la situazione.

Passata l'immediata grande paura, gli scontri di piazza, che si erano paralizzati per un giorno intero, ricominciarono violentemente. Dietro alla folla c'erano manovratori separatisti. Non volevano certo lasciarsi scappare l'occasione: la folla inferocita, la situazione irreale di confusione, i gendarmi occupati a far sfollare la gente. Si era già a metà dell'opera, occorreva sferrare il colpo di grazia e ottenere la tanto desiderata indipendenza. E così fu fatto, la folla sfondò i cancelli della gendarmeria della capitale, i gendarmi bianchi furono tutti trucidati e appesi in piazza come trofei. Contemporaneamente tutte le gendarmerie dell'isola furono attaccate e occupate. Anche qui a *Trois-Rivières* vennero dei guerriglieri vestiti come militari, ma ebbero poco da fare, noi eravamo tutti creoli. Si stanziarono lo stesso in un ufficio accanto al mio.

A dire la verità io non ero né a favore né contro la rivolta. Con i Francesi non mi ero mai trovato male, avevano portato prosperità e possibilità di lavoro. Ma dall'altra parte non mi dispiaceva neppure l'indipendenza, d'altronde dovevo pur conservare il mio posto di lavoro.

In quei giorni di transizione la situazione era irreale. La Francia non inviò il suo esercito, forse stava a guardare come si sarebbe evoluta la situazione o forse non voleva mandare i suoi militari in un'isola in rivolta con un vulcano che aveva appena eruttato e che poteva benissimo ripetersi. La popolazione bianca andò diminuendo fino a sparire nel giro di una settimana appena. Dal giorno della rivolta non fu più torto loro un capello, anzi, il compito di noi poliziotti era di scortarli all'aeroporto assicurandoci che lasciassero l'isola. Finita quella settimana la Francia cancellò tutti voli con la Guadalupa e a *Pointe-à-Pitre* s'instaurò un governo provvisorio capitanato da un neo nominato generale, ex capo dei guerriglieri indipendentisti. Io mantenni il mio lavoro e i miei sorveglianti, capito che non avrei fatto scherzi, abbandonarono la caserma e mi conferirono di nuovo pieni poteri.

Le cose da fare erano molte. Per prima cosa bisognava occuparsi degli sfollati assicurandosi che le case dove ritornavano fossero sicure e non pericolanti. Poi era necessario controllare a tappeto il territorio per censire i danni provocati dall'eruzione. Occorreva, inoltre, evitare casi di sciacallaggio nei confronti delle case abbandonate dai bianchi ma questo era il compito più difficile perché in quella settimana d'esodo forzato era successo di tutto e oramai chi voleva rubare aveva già agito con comodo.

Un giorno fui chiamato da alcuni abitanti de *L'Habituée*, piccolo villaggio sulla via che conduce alle cascate di *Carbet*, sulle pendici sud orientali del vulcano. Denunciarono alcuni furti, in particolar modo di generi alimentari, che erano apparentemente accaduti durante gli sfollamenti. I proprietari se n'erano accorti al ritorno presso le loro abitazioni. La situazione mi sembrava molto strana, chi avrebbe mai rubato del cibo in casa di creoli e per di più in un periodo nel quale chiunque si sarebbe tenuto lontano dai quei luoghi infestati dalla lava? Alla fine, dopo un breve sopralluogo, decisi di ritenere quei furti come accidentali, provocati da animali selvatici, probabilmente dai *racoon*, che, spaventati dal fiume di lava passato lì vicino, erano usciti dalla foresta in cerca di cibo facile. Il fatto che le case erano state abbandonate in fretta e furia, senza curarsi di sbarrare ogni entrata e il fatto che i ladri non avessero rubato nient'altro oltre al cibo, avvalorava la mia tesi e il caso fu quindi archiviato.

Nei giorni seguenti ricevetti altre telefonate di abitanti de *L'Habituée* che si lamentavano di ortaggi e frutta spariti nottetempo dai loro giardini e orti ma io, occupato in ben più impegnative faccende, li avevo liquidati in bella maniera.

Non credevo che dopo pochi giorni mi sarei dovuto nuovamente recare sul posto, questa volta per indagare su un fatto che pareva essere quasi un X-*File*. Ricevetti una chiamata. Un'anziana signora diceva di aver visto il diavolo. Ricordo la risata che mi feci quel giorno, seduto sulla mia poltrona, risi così tanto che il sigaro mi cascò di bocca. Ma la gente ha bisogno di sicurezza e io avevo trascurato le ultime chiamate provenienti da *L'Habituée*, quindi decisi, nonostante sapessi che fosse inutile, di mandare sul posto il mio vice per fare qualche domanda e tranquillizzare la gente.

L'inviato tornò nel tardo pomeriggio e mi riferì quanto aveva appreso. La donna si era alzata di notte, svegliata dal cane che non smetteva di abbaiare. Uscita sul portico, aveva visto in giardino una strana figura. Era buio, ma era sicura di aver visto il diavolo. Cosa dire? Niente. Ma i vecchi del villaggio avevano ricominciato a parlare di strani presagi, dei segnali inequivocabilmente funesti provocati dall'eruzione. Il terremoto aveva scosso la terra e dai suoi antri più reconditi antiche creature erano tornate in superficie, creature malvagie pronte a seminare terrore e morte.

Naturalmente io non credevo per niente a quelle vecchie superstizioni, ma la gente, specie quella delle campagne, ci stava attenta e non escludeva a priori nessuna ipotesi. La cosa divertente era che anche il mio vice aveva iniziato a credere a quella storia. Non me n'ero mai accorto prima, ma lui era un vero e proprio credulone, di quelli che danno credito alle leggende e ritengono soprannaturale ogni piccola cosa inspiegabile.

Due notti dopo fui svegliato a casa, nel mio letto, dal telefono. Il gendarme di turno aveva ricevuto altre segnalazioni, questa volta erano state due le persone a vedere il diavolo. Risposi seccato che sarei andato di persona a controllare, ma la mattina seguente, dopo una bella dormita.

Il mattino dopo, arrivato in caserma chiesi ai gendarmi, con fare scherzoso, se qualcuno poteva consigliarmi un buon esorcista, poi, presi sottobraccio il mio vice e salimmo sulla macchina. Arrivati sul posto della miracolosa apparizione interrogammo i due testimoni che ci riferirono, seppur sentiti separatamente, la stessa versione dei fatti. Nell'orto era apparsa una figura scura, che, china verso il terreno, stava rosicchiando della verdura. Appena aveva avvertito la presenza degli uomini, aveva guadagnato agilmente la macchia. Controllai l'orto, accanto a qualche ortaggio mangiucchiato, c'erano alcune impronte, ma, onestamente, non riuscivo a capire chi le avesse lasciate. A quel punto, mi accorsi che l'ora era tarda, tranquillizzai tutti assicurando che era solo un animale selvatico che, vendendosi ridotto il terreno di pascolo o caccia dalla lava, era uscito dalla foresta in cerca di cibo, e mi incamminai di nuovo verso *Trois-Rivières*.

Seguirono due giorni tranquilli, ma la mattina del terzo, una nuova chiamata arrivò, questa volta dall'ospedale cittadino. Un'ambulanza si stava precipitando a *L'Habituée* dove era appena avvenuta una sparatoria e c'era un ferito. Chiamai il mio vice e saltammo in macchina. Quando arrivammo, l'ambulanza era già sul posto e gli infermieri stavano caricando un uomo, mulatto, sui trent'anni, con una ferita d'arma da fuoco al braccio. La ferita non era grave, la pallottola era passata da parte a parte senza lesionare ossa o arterie. Un vecchietto, ancora con il fucile a tracolla, gridava che era stato lui a ferire il diavolo, che era lui l'eroe. Impiegammo tutta la mattina a ricostruire la dinamica degli avvenimenti e alla fine si scoprì che, alle prime luci dell'alba, la vittima stava portando il cane a fare i suoi bisogni. L'animale era entrato nell'orto del vecchio da un buco nella staccionata, il padrone, per recuperarlo, aveva scavalcato e, una volta messo piede nell'orto, una fucilata l'aveva raggiunto al braccio. In breve tutto il vicinato era accorso sul luogo e, per fortuna, aveva bloccato il vecchio che stava per finire la sua vittima con un colpo alla testa. Quindi, quel poverino non era il diavolo, come il suo assalitore credeva, ma un operaio edile che abitava lì a due passi e che aveva fatto i conti, suo malgrado, con il nervosismo dilagante nel villaggio. Nonostante le due settimane di prognosi, il ragazzo, conscio della buona fede del vecchio, aveva preferito non sporgere denuncia.

La situazione, però, era tutto tranne che tranquilla, l'agitazione e la voglia di farsi giustizia da sé non avrebbero portato a niente di buono. Neppure i vecchi del villaggio aiutavano a tranquillizzare gli animi, anzi, avevano appena messo in giro la voce che, dietro la sparatoria, c'era lo zampino del diavolo che, con la sua astuzia, aveva spinto il cane a entrare in quell'orto e aveva istigato il vecchio a vedere nel ragazzo sembianze demoniache inducendolo quindi a sparare.

Visto da fuori, tutto era quasi comico, ma a *L'Habituée* oramai non bisognava sottovalutare la situazione. Serviva un rimedio e io ne escogitai uno. Come detto, non credevo per nulla in quella leggenda, ma dovevo comportarmi come se ci credessi. Feci quindi diffondere la voce che l'indomani l'intera gendarmeria di *Trois-Rivières* avrebbe battuto la foresta in cerca del diavolo. In verità non tutti i gendarmi sarebbero stati impegnati, perché qualche militare in caserma doveva pur rimanere, ma le parole "l'intera gendarmeria" suonavano bene alle orecchie degli abitanti de *L'Habituée*, convinti finalmente che le autorità avessero preso sul serio gli avvenimenti. Così, la mattina dopo, presi con me il mio vice e altri dieci gendarmi e raggiungemmo i margini della foresta con la bellezza di sei fuoristrada. Avete capito bene, sei fuoristrada per dodici persone. Dovevamo far credere di essere in tanti sfrecciando in mezzo al villaggio; tutti dovevano vedere come avevamo preso sul serio le loro preoccupazioni.

Arrivammo fino al parcheggio dei turisti delle cascate di *Carbet*. Naturalmente in quel delicato periodo i turisti non c'erano e tutto intorno era deserto: la situazione ideale per mettere in atto la nostra messinscena. Non avevo ancora un'idea precisa sul da farsi, ma ero certo che mi sarebbe venuta in mente sul posto. Potevamo far credere che battere tutta la foresta fino al fiume di lava pietrificata non aveva avuto nessun esito e che quindi il diavolo non esisteva, ma questo non era proprio quello che volevano sentirsi dire quei pazzi; oppure far credere che il diavolo esistesse davvero, ma che fosse stato ucciso o fosse caduto in un crepaccio. Magari era meglio portare al villaggio un animale selvatico di taglia grande con il corpo crivellato di colpi e il muso irriconoscibile o addirittura con la testa mozzata e dire: "Ecco il vostro diavolo, non vi darà più fastidio!"

La cosa non piaceva per niente al mio vice, quel credulone, anzi, lo stizziva proprio e quindi, anche se glielo si vedeva chiaramente in faccia, aveva preferito non esprimere la sua disapprovazione, probabilmente per evitare discussioni o per non essere preso in giro da tutti.

Incominciammo la nostra caccia al mostro la mattina presto e continuammo fino all'ora di pranzo. Naturalmente ce la prendemmo comoda, senza stancarci troppo. Nel fitto della foresta c'era nulla che non avessi già visto nelle mie passeggiate giovanili, qualche *racoon* spaventato dalla nostra presenza, i colibrì e tanti fiori variopinti che in Europa si vedono solo dai fiorai e nelle serre. Anche se avessimo voluto sparare a un animale di grossa taglia non avremmo potuto, la foresta era tranquilla, in perfetta pace.

Verso l'ora di pranzo raccolsi i miei uomini e tornammo al parcheggio, qualche panino e qualche birra, acquistati prima di partire nella bottega vicina alla caserma, ci stavano aspettando. Mentre mangiavamo, chi seduto in macchina e chi sull'erba, all'ombra delle piante, sentimmo che dalla gendarmeria ci cercavano via radio, ma non alla mia, ma a quella del mio vice, perché la radio installata sul mio fuoristrada non funzionava da settimane. Era successo un incidente: un camion carico di sacchi di zucchero si era ribaltato sulla strada lungomare, poco prima di entrare in *Trois-Rivières*. Non c'erano feriti gravi, ma la strada era bloccata ed era necessario l'intervento di parecchi uomini per liberarla nel più breve tempo possibile. Allora, considerata la non gravità della cosa, decisi di rimanere sul posto con il mio vice e di far rientrare tutti gli altri uomini. Pregai loro di prendere una piccola strada secondaria, con il fondo sterrato, per evitare di passare in mezzo al villaggio. Non volevo che gli abitanti de *L'Habituée* ci credessero già di ritorno dalla nostra spedizione, avrebbero subito dedotto che le nostre ricerche erano state superficiali.

Nel pomeriggio io e il mio vice battemmo una parte lontana della foresta, quella al limitare del fiume di lava che oramai si era pietrificata. Ce la prendemmo con calma, come al mattino, e anche in quella parte di foresta non notammo niente di strano, niente che ci facesse presumere l'esistenza del diavolo che tutti temevano.

Verso le diciassette ci incamminammo per tornare indietro, presto sarebbe stato buio e volevamo raggiungere la gendarmeria per cena. A cinquecento metri dal parcheggio mandai avanti il mio vice, io dovevo proprio fermarmi a orinare, non ce l'avrei fatta a portarla a casa. Mentre ero lì, tranquillo, con la mano appoggiata a un albero sentii un urlo e poco dopo una macchina partire a tutta velocità. Corsi più forte che potevo verso il parcheggio dove trovai il mio vice a terra con un rivolo di sangue che gli scorreva sulla fronte e gli occhi spalancati, fissi nel vuoto. Domandai cosa fosse successo. Sembrava in *trans*, dovetti ripetergli la domanda più volte prima di sentirmi rispondere: "Il diavolo… il diavolo… mi ha colpito alla testa… ed è fuggito con la macchina!"

Rimasi stupito da quella frase, ma il sangue che aveva in fronte testimoniava che quell'uomo aveva ragione, o perlomeno che, se non il diavolo, qualcuno l'aveva colpito per davvero e quel qualcuno era anche fuggito via con la macchina. Gli chiesi se stesse bene e lui mi rispose confusamente di sì, lo aiutai ad alzarsi e salimmo sul mio fuoristrada. Il presunto diavolo non poteva essere lontano e valeva la pena provare a raggiungerlo. Partimmo quindi all'inseguimento. La strada, almeno fino a *L'Habituée*, era unica e facendo in fretta avremmo avuto la possibilità di scorgere l'altra vettura, lungo la via che scende i fianchi del vulcano. Arrivammo a tutta velocità nel piccolo villaggio. C'era parecchia gente per la strada e chiesi se un fuoristrada fosse passato di lì e loro mi confermarono che sì, era passato di lì e che stava scendendo verso il mare. Mentre mi allontanavo, mi accorsi che il mio vice continuava a ripetere, con la testa fuori del finestrino: "Il diavolo, c'è il diavolo che scappa con la mia macchina!" Bene, che tutti sapessero che noi ce l'eravamo presa a cuore la loro faccenda e che se fosse o no il diavolo chi stavamo inseguendo, poco m'importava.

Mi ricordo che feci andare quella povera Jeep più velocemente possibile e forse anche un po' di più, complice la lunga discesa che dal villaggio scende verso il mare. Quando fummo quasi arrivati all'incrocio con la strada litoranea, riuscimmo a scorgere in lontananza il fuoristrada che girava a sinistra in direzione *Bananier*,

Goyave, Pointe-à-Pitre. Bene, aver visto in tempo in quale direzione girava quell'auto mi confortava, altrimenti avremmo perso tempo prezioso, specie se avessimo preso la direzione sbagliata. Afferrai il microfono della radio per comunicare con la gendarmeria e chiedere rinforzi ma mi ricordai che la radio non funzionava e non potevo certo fermarmi per fare una telefonata, avrei perso la scia del fuggiasco. Dovevamo cavarcela da soli, anzi, dovevo cavarmela da solo perché il mio vice appariva in chiaro stato confusionale e non mi sarebbe stato di nessun aiuto.

Nel frattempo era calato il buio. Il pedale dell'acceleratore era pigiato fino in fondo, ma, nonostante ciò, non riuscivo a raggiungere quell'auto. Appena uscivo da una curva vedevo quei fanali che già entravano in quella successiva. Purtroppo la macchina del mio vice era più potente della mia e quindi non era facile starle dietro. Era lunedì sera e le strade erano deserte, tolti i turisti con la rivoluzione e non essendo week end, era più che logico che nessuno fosse in strada e la cosa non era negativa: via sgombra per l'inseguimento e meno probabilità di fare incidenti.

La cosa che non capivo era perché il diavolo, o chiunque fosse alla guida, si stesse dirigendo proprio verso la capitale, cosa sperava di ottenere arrivando a *Pointe-à-Pitre*? Peccato che non avessi potuto avvisare la gendarmeria centrale, quelli gli avrebbero fatto un bel posto di blocco e poi l'avrebbero servito di barba e capelli!

Oramai mancavano pochi chilometri e poi saremmo entrati in città, dubitavo che il diavolo avrebbe scelto di avventurarsi nelle vie del centro. Poco dopo, invece, mi dovetti ricredere. Il fuoristrada passò il ponte che attraversa la *Rivière Salée* ed entrò in *Pointe-à-Pitre*, percorse un lungo viale e poi svoltò a destra. Mi ricordavo che quella era la strada dove c'erano le ambasciate e i consolati. Strada oramai deserta perché tutte le delegazioni diplomatiche avevano preso il volo verso i loro Paesi d'origine per sfuggire al pericolo della guerra civile. La macchina che avevo dinnanzi rallentò per un centinaio di metri tanto che le ero praticamente a pochi passi, ma poi accelerò di nuovo, bruscamente, guadagnando qualche metro di distacco.

Quel fuoristrada aveva preso la strada che conduce fuori della città, verso nord. Che cosa aveva potuto cercare il diavolo nella via dei consolati? E cosa l'aveva indotto ora a uscire dall'abitato? Non sapevo, ero confuso, ma forse stavo iniziando a credere anch'io, nel profondo del mio animo, che quello fosse davvero il diavolo, la bestia spietata degli inferi liberata dalla lava del vulcano, riemersa sulla superficie terrestre per seminare terrore e morte. Ci stavo quasi per credere. Ma come mai il diavolo se ne scappava via con una Jeep invece di volare, o di sprofondare sottoterra? E perché scappare e non attaccarci? In fin dei conti, se fosse stato davvero il diavolo, non avrebbe avuto nulla da temere da un capitano di polizia creolo e dal suo vice in stato confusionale. Cercavo di vedere, cercavo di intravedere attraverso i vetri la sagoma di quella creatura, ma non riuscivo a scorgerne le linee e nemmeno con i fari abbaglianti avevo migliore fortuna. Non capivo, era una cosa irrazionale.

Il fuoristrada si dirigeva verso *Les Abymes*. Ci arrivammo pochi minuti dopo. Entrammo nel paese, che per fortuna era deserto, dopo aver oltrepassato a tutta velocità il municipio, girammo a sinistra al primo incrocio e poi, alla rotatoria, prendemmo per *Vieux-Bourg*. La strada che arriva al piccolo borgo affacciato sulla laguna è tutta circondata da campi di canna da zucchero ondeggianti al ritmo degli alisei. Nel cielo splendeva la luna piena e il paesaggio circostante era illuminato a giorno. Era una notte favolosa, di quelle che da giovani erano la situazione ideale per appartarsi con una bella ragazza nel silenzio della campagna a sfiorarsi e parlar d'amore. Peccato che quello non fosse il programma di quella sera, anche perché stavo inseguendo un diavolo impazzito e sul sedile di fianco al mio c'era il mio vice addormentato e non un'avvenente ragazza creola.

La Jeep che mi precedeva continuava a viaggiare a una velocità folle, non curante delle stradine strette e dell'eventualità di causare qualche incidente. Sì, era proprio un miracolo che nessuno si fosse ancora fatto male.

Attraversammo anche il paese di *Vieux-Bourg* e così facemmo più a nord con quelli di *Petit-Canal* e di *Port-Louis*. Non riuscivo proprio a capire cosa avesse in mente il diavolo, continuava ad andare a nord. Ben presto saremmo arrivati al limite settentrionale dell'isola e allora, cosa avrebbe fatto? Si sarebbe diretto verso sud? Fino a quando intendeva fuggire? Oramai avevamo anche passato la cittadina d'*Anse-Bertrand* e l'inseguito non accennava a fermarsi, né a cambiare direzione. Eravamo a poche centinaia di metri da *Pointe de la Grande Vigie*, non vedevo ancora l'oceano, ma lo sentivo. Noi dell'isola sentiamo il mare, anche se non riusciamo a scorgerlo con gli occhi. Il vento carico di sale era intorno a me, mi avvolgeva, riempiendomi le narici.

Finalmente il luccichio delle onde sotto la luce opaca della luna ci si presentò davanti, l'oceano era là, ottanta metri sotto la scogliera. La strada ne disegnava i confini con saliscendi e brusche curve, il vento muoveva la bassa vegetazione della costa. Conoscevo bene quella zona e soprattutto quelle strade dove andavo spesso da ragazzo, affascinato dall'impeto rude dell'acqua che combatte con la roccia. Trascorrevo ore a osservare la schiuma risalire quelle scogliere per poi precipitare indietro e risalire nuovamente.

La strada era una sola, ma c'erano tanti sentieri sterrati, alcuni erano carrabili e io sapevo che quella era l'occasione, forse l'unica, per porre fine a quella fuga.

C'è un posto, poco prima della *Porte d'Enfer*, dove la strada compie una lunga curva seguendo l'ansa della costa. Io sapevo però che c'era anche una piccola carrabile che tirava dritto tra gli arbusti e si ricongiungeva con quella asfaltata proprio sulla cima del promontorio, laddove si scorge la piccola baia della porta dell'inferno. Era la mia unica occasione e la presi al volo; imboccai quella scorciatoia. Quella via era costellata da buche, tanto che diedi un paio di craniate nel tettuccio. Il fuoristrada saltellava da ogni parte ed era difficile controllarlo, specie a quella velocità, ma ce la feci. Diedi anche un'occhiata al mio vice, era là, sul sedile, non si era nemmeno svegliato, meglio ancora, in quello stato confusionale mi avrebbe creato solo dei problemi.

Vedevo quasi la fine della scorciatoia, la vegetazione sulla mia sinistra era bassa e rada e quindi potevo scorgere quella Jeep che procedeva parallelamente alla mia e la cosa mi rese improvvisamente felice. Spensi i fari, non volevo essere visto e la luce lunare era sufficiente per compiere quell'ultimo tratto di strada. Il diavolo probabilmente non mi vide perché non tentò in nessun modo di evitare la collisione, all'incrocio la punta della mia auto colpì le sue ruote posteriori. Questo tipo di contatto è l'*abc* dell'inseguimento, l'unico modo per far sbandare o ribaltare un'automobile senza rischiare troppo la propria. In effetti, ebbi successo, quel fuoristrada iniziò a capovolgersi. Vedevo la luce dei fanali roteare sull'asfalto, ma la forte velocità mi giocò un brutto scherzo. Dopo l'impatto, la mia auto sbandò verso la scogliera. L'ultimo ricordo che ebbi fu un grande albero che mi si avvicinava. L'impatto fu violentissimo e io persi i sensi.

Quando mi risvegliai, era ancora buio, ma onestamente non sapevo quanto tempo fosse passato: due minuti o due ore? La luna era ancora nel cielo. Mi trovai sdraiato sul cofano, avevo sfondato il parabrezza con la testa. La testa mi doleva molto e, quando ci appoggiai sopra la mano, scoprii che sanguinava, o meglio, aveva sanguinato, perché ora la ferita pareva già rimarginata e il sangue coagulato. Pensai fosse una fortuna che la ferita non fosse stata troppo profonda o estesa, perché altrimenti sarei morto dissanguato passando dallo svenimento alla morte senza accorgermene.

Scesi dal cofano e notai con piacere, e con un filo di paura, che la macchina si era proprio fermata grazie a quell'albero che aveva forti radici piantate nella solida roccia della scogliera. Senza quell'ostacolo saremmo precipitati ottanta metri più sotto, sugli scogli o direttamente nel mare.

Feci il giro dall'altra parte, aprii la portiera dal lato passeggero per controllare le condizioni del mio vice. Era praticamente come l'avevo visto l'ultima volta mentre guidavo. Non sapevo se stesse dormendo o se fosse svenuto, ferite non ne aveva. Probabilmente la cintura di sicurezza gli aveva salvato la vita, privo di sensi com'era non avrebbe potuto puntare le mani e attutire l'impatto. Gli toccai la gola e sentii le pulsazioni del sangue, era vivo, e non doveva stare troppo male. Lo potevo lasciare lì.

Vedevo la Jeep del diavolo capovolta in mezzo alla strada. Presi la torcia elettrica dal cruscotto, misi il fucile a tracolla e mi diressi correndo in quella direzione. L'auto fumava dal radiatore, era in pessime condizioni, ma non c'era pericolo che esplodesse perché non c'erano perdite dal serbatoio del carburante. Quando mi accovacciai per controllare l'abitacolo, scoprii che la macchina era vuota. Mi si raggelò il sangue nelle vene e mille strane idee mi passarono per la mente. Idee folli. Vedevo il diavolo che spariva non appena la macchina iniziava a ribaltare, vedevo l'auto viaggiare nella notte da sola, senza conducente. Ma poi ragionai, non poteva essere, dovevo stare con i piedi per terra. Notai sul sedile una macchia di sangue e fui sicuro che qualcuno stava guidando quella macchina e che doveva essere probabilmente scappato giù, verso la baia. Non avevo prove concrete che fosse andato in quella direzione, ma la sensazione era così forte che ci credetti. Iniziai a correre per la strada, giù verso la Porta dell'Inferno.

La *Porte d'Enfer*, piccola insenatura d'acqua bassa e tranquilla, circondata da ripide scogliere, è collegata al mare da uno stretto canale dove le alte onde dell'oceano vanno a morire tra il frastuono dell'acqua e il profumo aspro di salsedine. Esattamente di fronte, una piccola spiaggia è l'unico accesso alla strada. C'è una piccola capanna che di giorno fungeva da bar e ristorante, ormai in disuso. Ai tempi dei Francesi, i turisti erano soliti pranzare e affittare barchette a remi dal proprietario di quella baracca, ma oramai solo qualche isolano arrivava là di domenica per bagnarsi o prendere il sole. Il ristorante offriva menù di pesce e frutta tropicale, le barche erano di quelle in uso a quei tempi, piccole imbarcazioni di legno a due posti, con i remi e un piccolo ombrellone per proteggersi dai raggi solari.

Arrivai di gran corsa alla spiaggia e vidi quella creatura tra le barche. Era girata e ricurva e quindi non riuscivo a scorgerne la vera fisionomia. Portai la torcia sotto l'ascella, in modo tale che non m'impedisse di brandire il fucile, pronto per sparare. Urlai: "Fermo o sparo!" Quell'essere mi udì perché si drizzò, sempre restando voltato. Urlai ancora: "Voltati!" Gli puntavo addosso la torcia e il fucile. Finalmente si girò e la luce mi fece vedere il suo volto. Scuro e peloso, così mi parve a prima vista, ma osservando bene mi accorsi che quello era un uomo, per di più un bianco e non mi sembrava una faccia sconosciuta. Quell'uomo io l'avevo già visto da qualche parte. Lui mi guardava fisso negli occhi. A dire il vero credo che il più spaventato dei due fossi io. Finalmente mi ricordai. Era il geologo, quello che si era fermato sulla *Soufrière*! Sì, era lui, e ora tutto mi era chiaro! A seguito dell'eruzione e della rivoluzione, era rimasto intrappolato nella foresta sulle pendici del vulcano, impossibilitato dal chiedere aiuto per paura di essere linciato dai rivoluzionari. Aveva vagato per giorni nella foresta, faceva solo qualche capatina notturna per rubare quanto gli era necessario per sopravvivere. Poi aveva avuto quella grande occasione, un'automobile a disposizione per fuggire, per raggiungere la capitale dove magari qualche francese bianco c'era ancora o per lo meno dove rifugiarsi nella sede di qualche consolato europeo. Ma la delusione di vedere la via dei consolati deserta l'aveva costretto a vagare per l'isola, privo di speranza, cercando di seminare quel capo della polizia che gli stava alle calcagna.

Sì, tutto mi era chiaro ora. Il diavolo non esisteva, non era mai esistito, tutto era stato svelato. Mentre pensavo a ciò, il francese si era rimesso a lavorare piegato sulla barca. Stava cercando di slegare la fune che la teneva fissa alla riva. Aveva addosso gli stessi abiti con i quali l'avevo lasciato quel giorno a *Vieux-Fort*, solo che erano strappati e sporchi.

Urlai: “Mani in alto o sparo!” ma lui non sembrava preoccuparsi della mia presenza, non più ormai, aveva capito che non gli avrei fatto del male. Era appena riuscito a sciogliere il nodo della corda e fra poco si sarebbe messo in mare. Non sapevo cosa fare, arrestarlo? In fondo non era un assassino, aveva rubato solo qualche ortaggio. Sì, anche il furto è un reato, ma se l’avessi arrestato i rivoluzionari l’avrebbero torturato e forse ucciso e io non potevo permettere una violenza del genere. Decisi di non fare niente, l’avrei lasciato andare, l’oceano avrebbe deciso della sua vita, se preservargliela o strappargliela. Quindi lo vidi salire sulla barca, lo vidi sedersi, mi diede un’ultima occhiata e sentii, quasi impercettibile, uscire una parola dalle sue labbra: “Merci!”

Rimasi immobile con i piedi nella sabbia e lo sguardo verso quella piccola barca che si allontanava.

Ora l’imbarcazione era arrivata allo stretto oltre il quale si trova il mare aperto. In quel punto si passa dall’acqua ferma alle onde impetuose dell’oceano. Fu allora che quel guscio di legno scomparve alla mia vista. Ne ero quasi dispiaciuto, ma non potevo farci niente, in fondo avevo dato una *chance* a quel fuggiasco e lui se l’era giocata per quanto gli era possibile. Stavo quasi per girarmi e andarmene quando l’ombrellino parasole ricomparve, e con lui la barca. Era ormai lontano e non potevo più riconoscere il geologo ma se ne scorgeva la sagoma e quindi ero tranquillo, non era caduto in acqua e aveva passato la Porta dell’Inferno, la parte più difficile. Ora l’aspettava un peregrinare più o meno lungo sull’oceano.

In quel momento sentii un fruscio alle mie spalle e mi girai, puntando il fucile verso il sentiero, ma era solo il mio vice che arrivava trafelato. Gli chiesi: “Come stai?”, ma non mi degnò nemmeno di una risposta, guardava fisso all’orizzonte, immobile. All’improvviso gli s’illuminarono gli occhi, puntò il dito verso il mare e mi guardò urlando: “Madame Coco! Madame Coco! Quello è l’ombrellino rosso di Madame Coco! E’ lei! E’ venuta a prendersi il diavolo! Ci ha liberato da lui!” Era quasi in lacrime dalla gioia, ci credeva davvero. Era convinto che Madame Coco, la leggendaria strega, avesse ricambiato il “favore” che gli aveva reso il demonio: così come Satana l’aveva presa proprio lì alla *Porte d’Enfer*, ora era Mamma Cocco che aveva preso il diavolo per portarselo via.

Mentre pensavo a questa pazza idea, mi sentii strattonare la giacca, era il mio vice che mi fissava con gli occhi spalancati e la faccia sorridente. Saltellava e mi strattonava, sembrava un bimbo con lo zucchero filato in mano tanto era gioioso. Mi chiedeva: “Tu l’hai vista, non è vero? E’ lei? E’ lei! E’ Madame Coco! Tu eri qui! Tu l’hai vista prendere il diavolo, vero?”

Rimasi un attimo in silenzio e poi, a bassa voce, quasi bisbigliando, risposi di sì.

In fin dei conti, cosa dovevo fare? L’alternativa era dichiarare la verità ed essere processato per aver favorito la fuga di un delinquente, finire in galera o, nella migliore delle ipotesi, perdere il lavoro. Voi cosa avreste scelto?

La storia si diffuse così velocemente che diventò presto leggenda, una nuova leggenda su Madame Coco e il diavolo. Neppure due giorni dopo, quando alla radio si sentì la notizia di un francese trovato in mare aperto da una nave da crociera americana, a nessuno venne il dubbio, nessuno associò le cose, nessuno seppe fare due più due, tanta la voglia di credere alle leggende era forte tra gli isolani.

Meglio per me.

Che cosa successe in seguito?

Bene, il governo rivoluzionario cadde, c’erano forti dissidi interni, specialmente tra due importanti figure che volevano entrambe governare. La Francia lasciò fare fino a quando fu il momento buono per intervenire e riprendere il controllo della sua colonia. I Francesi furono persino eleganti nel trattare la situazione, concessero un referendum in modo tale che sarebbe stata la popolazione a decidere se rimanere annessa alla Francia o avere l’indipendenza. Scegliemmo d’essere ancora un DOM, un *département d’outre-mer,* forse perché non eravamo ancora pronti ad autogovernarci, forse perché il fallimento della rivoluzione ci aveva sconfortati o forse per paura di avere troppa libertà. Così, in poco tempo, tutto tornò come prima, i proprietari terrieri francesi ritornarono, la *Soufrière* non eruttò più, io mantenni il mio lavoro e ci andai in pensione.

La *Porte d’Enfer* diventò una specie di luogo di culto, non passava una notte senza vedere falò e lumini accesi al limitare di quelle anguste scogliere, tutti volevano credere alla storia della strega che si fece beffa del diavolo e lo trascinò lontano, dove sarebbe stato innocuo.

Da allora è passato molto tempo e oggi sono un vecchio militare in pensione, ma non mi riesce ancora di sostenere la verità su quella storia, su quanto fosse veramente successo in quella notte di maggio di tanti anni fa. In fondo, mi piace pensare che quel che tutti credono sia accaduto veramente e la sera, prima di addormentarmi, vedo quella grassa donna di colore allontanarsi verso l'orizzonte con in mano il suo rosso ombrellino parasole.

10 gennaio 2007

L'ULTIMO CONQUISTATORE

Le forti braccia brandivano le redini. Il cavallo procedeva lentamente in quegli stretti sentieri circondati dall'erba resa bianca dalla brina. Il vento freddo del nord la faceva ondeggiare, quasi per gioco. Era l'alba, e l'alba a marzo è fredda e umida. La forte corazza luccicava a quel primo debole sole del mattino e l'alito si condensava a ogni respiro. Era seduto in sella, il petto in fuori e lo sguardo fiero, come si addice a una persona del suo rango. Tutto l'esercito gli era dietro, in fila indiana. I soldati erano tutti veterani, gente esperta, addestrata. Avevano già seguito in battaglia suo padre, il re, quando, anni prima, aveva intrapreso una lunga stagione di conquiste verso ovest, nei territori dei barbari. Avevano difeso l'onore del regno e avevano conquistato molte terre, erano fedeli a sua maestà e ora erano fedeli al principe, loro condottiero, e lui lo sapeva. Era conscio che avrebbe potuto chiedere loro la vita e loro gliela avrebbero offerta in battaglia. Sapeva quanto fosse importante per suo padre sottomettere nuove terre alla corona, là, verso ovest, l'unica direzione nella quale c'erano ancora territori da conquistare. Lui era fiero di continuare l'opera del padre e del nonno che, cinquant'anni prima, aveva esteso i confini del regno in ogni direzione, su a nord, fino all'immensa distesa d'acqua ghiacciata, poi a est e a sud fino al limitare del mare.

Si ricordava come fosse ieri l'ultimo banchetto al castello, tra le mura amiche, al caldo dei focolari. Aveva ancora negli occhi la carne cotta alla brace, le coppe ricolme di vino, il seno prosperoso delle cortigiane. Sembrava ieri, ma erano già passati più di sei mesi. Sei mesi di vita militare, al freddo e al gelo, costretto a dormire su un giaciglio di paglia nella solitudine della tenda, obbligato a banchettare con le riserve portate dal castello, con il cibo confiscato ai barbari o con quel che si trovava in giro. Ma quella vita spartana non lo disturbava, sapeva che suo nonno, dal mondo dei morti, e suo padre, dal castello, lo vedevano ed erano fieri di lui e avevano le loro buone ragioni. I confini erano stati definitivamente rafforzati con la costruzione di nuove murature, non più in legno ma in pietra, praticamente indistruttibili, e nuove terre erano state annesse al regno, le basse lande paludose in mano ai barbari erano finalmente cadute e i tanti temuti avversari erano solamente un vecchio ricordo. La battaglia era stata dura, violenta, atroce. I nemici erano tre volte tanto il suo esercito, ma lui aveva dimostrato d'aver ereditato il genio militare della sua stirpe. Gli avversari erano caduti come mosche e i pochi sopravvissuti erano stati giustiziati. Si vedevano ancora, alle spalle di quelle lunghe fila di soldati in cammino, le colonne di fumo dei roghi accesi sui campi di battaglia. E lui aveva ancora nelle narici il caldo odore della carne del nemico che brucia, l'odore glorioso della vittoria. Era fiero di quanto fosse successo, la battaglia l'aveva vinta lui, con scelte astute e oculate, l'esercito ne era conscio e lo rispettava, così come aveva rispettato prima di lui, le gesta di suo padre.

Erano passati due giorni da quel trionfo e l'esercito era ripartito verso ovest, per intraprendere nuove conquiste. Passato il lungo crinale della montagna si entrava nelle terre sconosciute, quelle dove nessun uomo del regno aveva mai messo piede, territori che, secondo gli indovini di corte, nascondevano insidie malvagie e creature spietate.

Il paesaggio oltre il passo, invece, degradava dolcemente con prati verdi ondeggianti al vento. Sul lato settentrionale un folto bosco di conifere si estendeva a perdita d'occhio. Niente di malvagio, niente di mai visto, solo una landa come ce n'erano tante altre. Sorrideva al pensiero della predizione di morte che aveva ricevuto dal maestro degli auguri. Quelle parole gli risuonavano ancora nella mente: 'Andrai, morirai, non tornerai', ma oramai non avevano più alcun significato. Quelle terre erano chiamate sconosciute solamente perché nessuno le aveva mai esplorate e lui, con i suoi fedeli uomini, era stato il primo a calpestarle e per quel motivo sarebbe stato ricordato per sempre.

Il degradare di quella terra era una manna per i cavalli stremati dai lunghi sentieri tortuosi e dalla battaglia dei giorni precedenti. Ora ci sarebbe stato un premio anche per loro, la lunga e dolce discesa e i verdi pascoli. In lontananza, si scorgevano dei rilievi collinari che non permettevano alla vista di spaziare oltre, ma prima di allora, c'erano alcuni giorni di transito facile e tranquillo.

E così fu. Seguirono tre giornate di assoluta quiete. La lunga carovana procedeva lentamente, senza nessuna fretta. Il bosco dava nutrimenti di ogni genere, la cacciagione, in particolare, arrivava abbondante sulle tavole, e i fuochi rimanevano accesi fino a tarda notte. Il vino, per fortuna, non mancava, le scorte non erano ancora finite, e la truppa si meritava un premio per quanto aveva fatto finora.

Il quarto giorno, i cavalli ricominciarono a camminare in salita, sulle pendici delle colline. Passata un'altura, se ne proponeva subito un'altra alla vista. Questa situazione però, non era un gran problema perché, in fin dei conti, il credere di vedere luoghi angusti e creature mai viste e poi trovarsi davanti a pascoli, boschi e dolci colline non preoccupava nessuno. E poi, ogni giornata di cammino senza trovare popolazioni ostili, era una giornata guadagnata e significava nuove terre sottomesse alla corona del re.

L'umore era quindi alle stelle, mai nessun conquistatore, in passato, aveva soggiogato con tale rapidità così tanti territori, nemmeno suo nonno, che era conosciuto come il più gran condottiero della loro era. Già si pregustava l'accoglienza al suo ritorno, dopo quella prima stagione di conquiste. Vedeva le porte del castello aprirsi, le trombe d'argento suonare per lui, le donne buttare fiori sulla strada e suo padre, il re, corrergli incontro per abbracciarlo, figlio degno del suo nome e meritevole di succedergli, un giorno, sul trono. La sera avrebbero poi banchettato nel salone dei ricevimenti, tutti dovevano onorare le grandi gesta del principe, le sue vittorie in battaglia e le sue conquiste. Negli anni seguenti, ci sarebbero state altre spedizioni militari, lui avrebbe ripercorso quei sentieri e sarebbe andato oltre, verso nuovi territori inesplorati da invadere. Più tardi ancora, dopo tanta gloria bellica, avrebbe preso lui in mano lo scettro del regno e avrebbe avuto dei figli, degni eredi della sua stirpe e del suo genio militare, anch'essi destinati a divenire grandi conquistatori.

Quei pensieri gli vagavano nella testa, mentre, sul suo cavallo, percorreva quelle colline ed era felice, la sua vita ora aveva un senso.

Quella sera, mosso da quei pensieri di gloria, ordinò che tutto l'accampamento banchettasse per festeggiare i grandi successi che tutti, a pieno merito, avevano condiviso con lui. Fu un grande avvenimento, che si protrasse per buona parte della notte tanto che il mattino successivo ancora si sentiva, nei sentieri tra le tende, l'odore della carne cotta e del vino.

Il giorno dopo, l'esercito riprese il cammino solo a mattinata inoltrata. Passate le colline c'era un alto promontorio da valicare e il condottiero voleva passarlo prima del tramonto. Un forte vento spirava ormai da due giorni da ovest verso est, un vento freddo e umido che sbatteva sulla faccia negando quasi la possibilità di tenere gli occhi aperti.

A metà pomeriggio la cima del promontorio era vicina. Il vento continuava impetuoso a soffiare, riempiva le orecchie, tanto da non poter sentire il rumore degli zoccoli dei cavalli.

Finalmente, quasi al tramonto, la carovana raggiunse una radura pianeggiante, poco sotto la cima. Lui ordinò che quella notte si sarebbero accampati lì. Mentre tutti erano intenti a scaricare i carri per montare le tende, lui salì con il cavallo fino in cima al promontorio. L'animale andava a rilento, nonostante le frustate, quasi non volesse procedere oltre. Arrivato poi in punta, si alzò sulle zampe posteriori e non fu facile farlo calmare. Quando finalmente i quattro zoccoli furono nuovamente a terra, quella che gli apparve davanti fu una visione agghiacciante. Gli si paralizzarono i muscoli e la sua bocca diventò secca all'improvviso. Davanti a lui c'era il nulla, o meglio, un mare sconfinato. Quel promontorio non era altro che la parte finale della terra che si univa al mare sotto forma di alte scogliere impervie. Ovunque girasse, lo sguardo vedeva sola roccia e acqua, sia verso nord sia verso sud, a perdita d'occhio. Era forse quello l'ultimo confine inesplorato del mondo emerso? Sì, lo era, tutte le terre erano state annesse al regno e non ce ne sarebbero state altre da conquistare. Più nessuna legione barbara sarebbe comparsa a insidiare il potere dei re. Il pensiero lo sgomentava. Il popolo sarebbe stato entusiasta della notizia, niente più guerre, nessun pericolo d'invasione e una pace eterna si prospettavano per loro, ma lui era un condottiero, un conquistatore, cosa avrebbe fatto? Con quale faccia sarebbe ritornato al castello da suo padre? La sua stirpe era nata per combattere e conquistare. Come avrebbe ora ottenuto la devozione dei suoi sudditi se non poteva più brandire le armi e comandare un esercito? Si accorse come, all'improvviso, la gioia di quei giorni si era tramutata in un triste silenzio interrotto solo dal sibilo del vento. No, non poteva essere vero. Gli dei gli avevano riservato quella dolorosa sorpresa e ora i suoi avi, dal cielo, lo stavano osservando con la faccia delusa di chi guarda una persona incapace e impotente. Non gli era possibile sopportare l'idea che anche suo padre lo guardasse allo stesso modo.

I soldati, nel frattempo, avevano quasi finito di montare l'accampamento, il sole era sceso al livello del promontorio e faceva da sfondo all'ombra del loro gran condottiero. In quell'attimo, una folata di vento scosse le tende non ancora perfettamente ancorate al terreno e ogni soldato corse a tenere i teli. Quando le tende furono finalmente fissate a dovere, i loro occhi tornarono al promontorio. Il sole rosso era ulteriormente calato e il cavallo era ancora là, fermo, immobile, ma l'ombra di quell'ultimo grande conquistatore era sparita.

2 aprile 2007

SONNO

Ricordo di quando ero militare, la volta in cui un mio commilitone si suicidò. Una sera, uno sparo squarciò il silenzio della camerata. Sento ancora oggi quel suono sinistro che riecheggia sordo tra le brande. Noi soldati eravamo già coricati e le luci erano appena state spente. Lui era andato in bagno con dietro il fucile, si era seduto sul water, aveva preso in bocca la canna e aveva premuto il grilletto. Ricordo ancora la scena agghiacciante che ci si era presentata alla vista quando eravamo corsi a vedere cosa fosse successo. Sembrava una scena del film Full Metal Jacket. Quando ti spari in bocca la faccia non subisce nessun danno ma la nuca viene spazzata via. Un misto di sangue e cervello era sparso ovunque su quelle piastrelle e altro sangue era colato copiosamente sul pavimento. Fu un lavoraccio quello di pulire tutto e per fortuna non fu assegnato a me, ma mi toccò un'incombenza ancora peggiore. Il sergente ordinò il trasferimento della salma nell'infermeria e, nell'attesa che il mattino dopo fosse ispezionata dal medico militare, mise me di guardia per tutta la notte. Guardia a che cosa? A un cadavere che di sicuro non sarebbe scappato? Chi mai l'avrebbe toccato, nello stato in cui era? Ma gli ordini erano ordini e io dovetti obbedire, in silenzio.

Il problema era che la notte precedente avevo avuto un attacco d'influenza intestinale e avevo passato metà del tempo in bagno e nell'altra metà ero riuscito solo a sonnecchiare. La mattina, di buon'ora, la sveglia ci aveva tirato giù dalle brande. Io ero in uno stato pietoso, più stanco di quando mi ero messo a letto la sera precedente. Quel giorno ci avevano fatto marciare fino al tardo pomeriggio, non ci voleva proprio. Quindi, quella sera, non vedevo l'ora di abbracciare il mio letto e farmi una dormita ininterrotta fino al mattino.

E invece ero lì, in piedi come uno stupido, il fucile a tracolla e lo sguardo fisso nel vuoto. La salma era vicino a me, su una brandina, coperta da un telo bianco. Un silenzio irreale ci circondava.

E pensare che io quel soldato nemmeno lo conoscevo bene. Era un ragazzo schivo e taciturno. Nessuno parlava con lui e lui non faceva molto per farsi voler bene. I soliti nonni lo avevano preso di mira da qualche tempo e non passava giorno che infierissero su di lui. Io non ci avevo mai parlato e nemmeno lo avevo mai maltrattato, ma si vedeva che non era un tipo adatto alla naia e mi sembrava strano che alla visita di leva l'avessero arruolato. Quei tipi, di norma, li mandavano direttamente all'ospedale militare dove li riformavano per motivi psicologici. Lui, invece, aveva passato l'esame con successo, era abile e arruolato, pronto a servire la patria. Ora, però, era steso su un letto con la testa aperta. Di sicuro qualcosa di strano doveva avere, qualcosa che lo divorava dentro e che non lo lasciava tranquillo, quel qualcosa che gli aveva fatto trovare il coraggio di premere il grilletto.

Io lo fissavo con sguardo inespressivo. I suoi guai erano finiti, in modo definitivo, ma i miei no. Ero in piedi, fermo già da almeno tre ore e la notte era ancora infinitamente lunga. Ero sicuro che non ce l'avrei mai fatta, non mi sentivo più le gambe tanto erano stanche e le palpebre mi si chiudevano. Credo che non ci sia niente di peggio che aver sonno e non poter dormire. Arrivi al punto che gli occhi ti fanno male anche se li chiudi. Ti capita di addormentarti per mezzo secondo, ma non appena il tuo corpo inizia a sbilanciarsi ti svegli di soprassalto e il cuore ti batte a mille. Così. Così per tutta una notte, nel freddo silenzioso di quella stanza, con quel cadavere vicino a tenermi compagnia e a ricordarmi perché ero lì. Credo che sia stata la nottata più lunga della mia vita.

Sono passati vent'anni da quella notte e, che ci crediate o no, da allora non sono più riuscito a dormire. Venti lunghi anni di veglia continua. I migliori medici e i più rinomati esperti delle disfunzioni del sonno mi hanno visitato e mi hanno prescritto ogni tipo di cura e terapia, ma senza nessun miglioramento.

Io credo che sia la maledizione di quell'anima inquieta, di quello spirito senza pace. Sì, è lui di certo, è la sua vendetta finale perché anche nel trapasso non ha avuto commiserazione. Me lo ricordo come fosse ieri, nonostante in quella stanza ci fosse morte, delusione per una vita finita, amarezza per i sogni infranti, l'unica cosa che mi importava veramente era la mia smisurata voglia di dormire.

25 aprile 2007

BRIVIDI

Al piccolo Tommaso,
un caro benvenuto tra i vivi

Eccolo. Il mio primo figlio era nato. Ero elettrizzato. Nemmeno le due nottate insonni nel reparto neonatale avevano intaccato il mio ottimo umore. Quella sera sarei andato a casa a prendere mia suocera e l'avrei portata in ospedale, avrebbe trascorso lei la notte con sua figlia e il piccolo. Io avevo bisogno di una buona dormita, fino al mattino. Dovevo passare a comprare del succo di frutta per mia moglie, sua mamma glielo avrebbe portato. Ma prima avevo necessità di mangiare qualcosa e quindi stavo andando al negozio di pizza d'asporto.

Il tempo era candidamente adatto per stare all'aperto. Il profumo di primavera era ovunque nell'aria e mi riempiva le narici. Io lo respiravo profondamente, con gli occhi socchiusi. Erano le dieci di sera. Le luci. Scendendo da Mondovì Piazza a Mondovì Breo scorgevo le luci delle case e dei lampioni. Il tempo sereno e l'aria tersa rendevano il loro colore tendente al rosso tenue e la mia leggera miopia completava l'opera, sfocandoli leggermente. Com'era bello. Sarei rimasto ore a osservare quel panorama. Ma dovevo andare.

La pizzaiola mi coprì di complimenti per il figlio appena nato e la sua pizza, consumata sul posto, aveva i sapori del Mediterraneo. Godevo, era un'immensa goduria. Qualsiasi cosa mi sembrava bella. O forse lo era davvero?

Al bar, la commessa non aveva succo di frutta. Ordinai allora una spremuta d'arancia da imbottigliare e portar via. Nel locale deserto, una piccola tivù era accesa in un angolo. Su Canale Cinque andava in onda La Corrida. Jerry Scotti stava intervistando un uomo dai baffi curati. Onestamente non stavo ascoltando quello che dicevano ma mi faceva piacere guardare quelle persone. A un tratto l'uomo cominciò a cantare una canzone che conoscevo bene, un brano di Fabrizio De Andrè. Quelle note, quella voce, la giusta intonazione, tutto era al suo posto. Ricordo che ero in piedi, lì davanti, le mani in tasca e la faccia sorridente, mentre mi correvano su per la schiena mille piccoli brividi.

28 aprile 2007

RUMORI

Quella notte si svegliò di soprassalto, il respiro affannato e il corpo madido di sudore. Cosa l'aveva svegliato? Un sibilo o qualcosa del genere. Credeva di averlo sognato, che non fosse reale, ma ora, quel rumore, gli si ripresentava all'orecchio. Non riusciva a capire che tipo di suono fosse. Avvicinò la testa a quella di sua moglie, ma non era stata lei, la donna stava dormendo beatamente, in silenzio. E allora cosa, cosa aveva provocato quel sibilo? In quell'attimo, eccolo di nuovo, più forte di prima. Non sembrava un suono umano ma nemmeno poteva averlo emesso un animale o qualcos'altro. La camera da letto era immersa nel buio, solo una fievole luce penetrava attraverso le persiane, ma non era sufficiente per distinguere le sagome all'interno della stanza. A quanto ne sapeva lui, fuori non c'erano né vento né pioggia. Lui abitava in aperta campagna e la casa era chiusa in ogni sua porta e finestra, quindi quel sibilo non poteva provenire certo dall'esterno. Di conseguenza, qualcosa o qualcuno era lì, a pochi passi da lui e lui non sapeva cosa fare. Era terrorizzato. Non voleva accendere la luce per non svegliare la moglie. Aveva troppa paura che non fosse niente e allora lei l'avrebbe preso in giro per giorni e quella sarebbe stata una situazione insostenibile, o ancora peggio, aveva il terrore di vedere quella creatura, lì a un passo da lui, pronta ad azzannarlo. Non gli rimaneva che aspettare, nel più profondo dei silenzi, l'evolversi degli eventi. Passarono alcuni minuti ma non sentì più niente. Bene, significava che lo aveva solo immaginato e poteva tornare a dormire. Così fece, chiuse gli occhi, ma nell'attimo prima di addormentarsi percepì un fruscio, come di qualcosa che si stava muovendo. Il rumore durò meno di un secondo ma bastò per mandargli il cuore a mille. Sentì nuovamente il sudore scivolargli dalla fronte. Ora era certo, c'era qualcuno nella stanza. Cercava di scorgerlo, di aguzzare la vista in quel buio impenetrabile, ma non ci riusciva, non vedeva niente e la situazione lo faceva impazzire. Non sapeva cosa aspettarsi, da un attimo all'altro quell'essere poteva saltargli addosso e lui, paralizzato dal terrore, non avrebbe saputo reagire. Ecco ancora il fruscio, lui trattenne il respiro e chiuse gli occhi, sentì il sangue gelato scorrergli per gli arti. Rimase teso in quella posizione, immobile per qualche secondo, ma non successe nulla. Stava dando di matto, cos'era che si stava muovendo nella sua stanza? Era in un bagno di sudore, tremava dalla paura ma in fin dei conti qualcosa doveva pur fare, doveva pur opporsi a quello sgradito aggressore, almeno se non per lui, per salvare sua moglie. Doveva agire. Ma come? Non aveva coltelli né pistole in camera, a dire il vero non ne aveva proprio perché era un tipo mite e pacifico, di quelli che preferiscono chinare la testa invece che affrontare i problemi di petto. Ma adesso era in una situazione nella quale non poteva contare su nessuno tranne che su se stesso. La creatura poteva attaccare da un momento all'altro e lui doveva farsi trovare preparato, anzi, doveva attaccare lui per primo. Si ricordò che nel secondo cassetto del comodino teneva un paio di forbici. Allungò allora il braccio in quella direzione e iniziò ad aprire lentamente, molto lentamente, cercando di non fare nessun rumore. In quel momento udì nuovamente quel fruscio, seguito da un secondo. Lui avrebbe dovuto aprire il cassetto di scatto, brandire le forbici e buttarsi addosso a quell'essere. Ma non ce la fece. La paura lo gelò nuovamente, fermo, immobile, la mano intorno al pomello di radica. Era impossibile, era più forte di lui, sapeva che non ce l'avrebbe mai fatta. Era un codardo, ne aveva sempre avuto il sospetto ma ora ne aveva la prova certa, insindacabile. Lasciò la presa e rimise la mano sotto le lenzuola, quasi nella speranza che fossero quelle a proteggerlo dall'aggressione. Involontariamente, senza accorgersene, aveva portato le ginocchia al petto e aveva abbracciato le gambe in una posizione rannicchiata e sottomessa. Nel frattempo era ricominciato quel fruscio e ora era ininterrotto, quasi impercettibile, ma ininterrotto. Lentamente iniziò a ritirare la testa sotto il lenzuolo, quasi per sparire alla vista. Ma fu in quel momento che un lamento simile al latrato di un cane echeggiò nella stanza e lui iniziò a urlare. Il suo urlo e quell'altro suono si confusero l'uno con l'altro. Qualcosa gli si posò addosso. Non ebbe nemmeno un sussulto, non ne aveva la forza, era bloccato. Sapeva che la fine era vicina, sperava solo che fosse subito e che non dovesse soffrire oltre.

Sentì una voce: "Caro, me lo prendi tu il bambino dalla culla, così lo allatto e smette di piangere?"

Era sua moglie, e lui era uno stupido, un grande stupido. Suo figlio, già, suo figlio! Era da così pochi giorni che era nato che non si era ancora abituato all'idea della sua presenza nella loro vita. Si sentiva sì un imbecille ma era tremendamente contento che la sua angoscia era finita, la paura era passata e lui era salvo.

Accese la luce, scese dal letto e prese in braccio il bebè. Lo teneva forte contro il suo petto e gli sembrava così strano come la fonte del suo tremendo terrore di poco prima, era ora rannicchiata indifesa tra le sue braccia.

2 maggio 2007

LA CONFESSIONE
(Carpe Diem)

Ognuno avrà la sua redenzione

- Sia lodato Gesù Cristo.
- Sempre sia lodato.
- Nel nome del Padre e del Figlio e dello Spirito Santo.
- Amen. Padre, mi perdoni perché ho molto peccato.
- Siamo qui per questo, da quanto tempo è che non ti confessi, figliolo?
- Da dieci anni ormai, da quando ho scoperto d'essere sieropositivo.
- Oh, mi dispiace molto.
- Non si deve dispiacere, padre, l'AIDS è forse la cosa più bella che mi sia mai capitata.
- Come fai a dire così, la malattia è una prova alla quale ci sottopone nostro Signore, ma non puoi affermare che sia la cosa più bella che ti sia successa.
- Eppure, se devo essere onesto, lo è, e lo capirà anche lei quando le avrò raccontato tutto.
- Va bene. Allora, dimmi figliolo, apri il tuo cuore.
- Sì, diciamo che io sono sempre stato un bravo ragazzo. A scuola avevo la media dell'otto, studiavo con piacere, ubbidivo ai miei genitori e tutte le domeniche andavo a messa. Non uscivo quasi mai e, se devo dire la verità, sono andato per la prima volta in discoteca quando avevo quasi diciannove anni, nell'estate dopo l'esame di maturità. Fu un periodo spensierato e, in effetti, fu la prima estate che passai senza troppi pensieri per la testa. Amici ne avevo, certo, ma non li frequentavo molto. Loro volevano sempre andare in birreria e poi a ballare e finivano la serata, o meglio, la nottata, sbronzi che più non si poteva. Io invece non bevevo alcol, o almeno, ne bevevo pochissimo, sapevo che faceva male. Il gruppo ogni tanto andava per i viali fuori città a infastidire le prostitute e a volte a dar loro lavoro. Io ero totalmente contrario alla cosa, sia perché volevo che la prima volta fosse per amore, sia perché sapevo del forte rischio di

contagio di malattie veneree al quale si andava incontro. Che ridere, com'ero diverso allora!

- Scusami figliolo, ma se tu eri un così bravo ragazzo, morigerato e timorato di Dio, come hai fatto a contrarre la malattia?
- Glielo dico subito e la farò sorridere. Io, che non bevevo, non fumavo, non mi drogavo e non andavo a prostitute, ho contratto l'HIV tramite una trasfusione di sangue in ospedale. Sì, fu un errore medico, un errore umano. All'inizio di settembre di quell'anno, io ero già psicologicamente pronto per l'università, mancavano pochi giorni all'inizio delle lezioni. I miei andavano fuori città per il week end e mi chiesero se volessi andare con loro. A dire il vero i miei amici mi avevano invitato ad Amsterdam per quattro giorni. A me non dispiaceva affatto visitare quella città, passeggiare lungo i canali e trascorrere un intero pomeriggio al museo Van Gogh ma sapevo che i miei amici non avrebbero fatto altro che la via crucis dei coffee shop e dei bordelli del quartiere rosso e allora scelsi di seguire i miei genitori. Il week end non fu malvagio, tranquillo soprattutto, ma al ritorno successe un incidente. Un camionista ubriaco invase la corsia opposta proprio mentre passavamo noi, ci travolse in pieno. Mi risvegliai tre giorni dopo in ospedale e mi diedero una serie di brutte notizie: i miei genitori erano morti sul colpo, almeno non avevano sofferto, io ero stato in coma farmacologico per tre giorni e stavo bene, a parte una gamba rotta, ma quello era il meno. La cosa peggiore era che avevo avuto ingenti emorragie e avevano dovuto trasfondermi del sangue. Quel sangue era infetto. Sfortuna aveva voluto che la notizia che quella partita di sacche fosse infetta arrivasse dal Ministero della Sanità solo il giorno dopo che avevano iniziato le trasfusioni, troppo tardi. Dottori e infermiere parevano cani bastonati tanto era il dispiacere. Io invece ero letteralmente sconvolto. Solo, malato e sconvolto.
- Che brutta cosa, figliolo, devi aver sofferto molto.
- Può scommetterci, i primi sei mesi furono un inferno. Mi ritrovai a casa, da solo, col gesso. Non sapevo cosa fare. Nessuno mi poteva aiutare, i miei amici non si curarono molto di me e io non feci molto per rimanere legato a loro. Ritornai più volte in ospedale, una volta per rimuovere il

gesso e due volte, al terzo e al sesto mese, per ripetere i test per l'AIDS. Sieropositivo, il dato era certo, ero stato infettato. Ma quanto mi rimaneva da vivere? Dieci anni, mi dissero in ospedale, a patto che prendessi regolarmente, ogni giorno, le medicine che mi prescrivevano.

- Terribile…
- Lo è. Ora sono passati dieci anni esatti dal giorno dell'incidente ed eccomi qua. Sono l'ombra di me stesso, ho macchie scure sulla pelle e il mio corpo è così debole che basterebbe un raffreddore per uccidermi. Padre, so che non vivrò più a lungo e per questo voglio andarmene in pace con Dio e poi deciderà Lui se farmi salire in cielo o relegarmi nel fuoco dell'inferno.
- Perché dici ciò, i tuoi peccati non possono essere così gravi da farti meritare la dannazione eterna.
- Giudicherà lei alla fine. Ma ora, continuiamo. L'ospedale, ovviamente, temeva una mia causa e allora fui convocato dal loro legale. Questi mi illustrò la situazione: potevo avere diritto a un ingente rimborso, cinquanta o forse addirittura cento milioni di euro, ma avrei dovuto intraprendere una battaglia legale che si sarebbe protratta per anni e anni e quasi probabilmente la sentenza a mio favore sarebbe stata emessa quando io fossi stato già sottoterra. Allora accettai la loro offerta, dieci milioni soltanto, ma subito. In fin dei conti per me non era male, dieci milioni di euro da spendere in dieci anni di vita, mi ero assicurato un futuro di lussi e soprattutto senza lavoro.
- I soldi non sono tutto, figliolo.
- Certo che no, ma li ho presi lo stesso. Il primo anno fu davvero difficile, lo trascorsi praticamente relegato in casa, uscivo solamente per andare in ospedale per i regolari controlli, in chiesa per la messa domenicale e per fare la spesa andavo al market distante solo due isolati da casa, dove la gente mi guardava come se fossi un alieno. Tutti sapevano delle disgrazie che mi erano successe ma ciò non bastava loro per non guardarmi con disprezzo o evitarmi. E' una sensazione orrenda, coloro che prima mi rispettavano e scherzavano con me ora mi stavano lontani e mi rifiutavano persino il saluto. Anche i proprietari del negozio non erano

molto contenti del fatto che io andassi lì a fare i miei acquisti e me lo dimostravano con toni palesemente sgarbati.

- Beh, devi capire che…
- …allora, dopo un anno circa decisi che non potevo rimanere lì a farmi trattare come un appestato. Dovevo dare uno scossone alla mia vita, non potevo passare quei dieci anni a piangermi addosso chiuso in casa. Decisi quindi di trasferirmi in città, dove nessuno mi conosceva e dove potevo rifarmi una vita. Per prima cosa andai in concessionaria e trovai una Porsche, di quelle convertibili e potenti, era in pronta consegna, chilometri zero, sembrava fatta apposta per me e per la mia nuova vita. La barattai con un assegno. Feci fagotto, non presi molto con me, giusto l'indispensabile, una valigia appena. La notte prima della mia partenza scesi in strada, attraversai il vicolo e sbucai nel cortile dietro il negozio di alimentari. Avevo con me una tanica di benzina e un accendino. La porta sul retro era chiusa ma io sapevo dove era nascosta la chiave. Avevo visto, qualche volta di sera, all'orario di chiusura, l'anziano proprietario riporla in una nicchia nascosta da un mattone. Lo faceva per i fornitori che il mattino, a volte, arrivavano troppo presto e allora potevano iniziare a scaricare la merce. Quindi entrai senza problemi, sparsi la benzina su più scaffali che potevo e appiccai il fuoco. Le fiamme presero su benissimo, ebbi giusto il tempo di uscire, richiudere la porta e riporre la chiave al suo posto. Poi rientrai tranquillamente in casa e mi misi a letto. Ancora non credevo a quello che avevo fatto ma lo stupore più grande era che non nutrivo alcun rimorso per le mie azioni, anzi, ricordo che scoppiai a ridere, sdraiato nel mio letto. Al mattino, quando uscii di casa, la valigia in una mano, il cappotto nell'altra, i pompieri avevano già fatto il loro lavoro e una colonna di fumo usciva dal negozio radendo la facciata annerita del palazzo. Il proprietario era seduto sul marciapiede, piangeva come un vitello con le mani tra i capelli e la testa tra le ginocchia. Non mi curai di quella visione ma mi incamminai verso la Porsche che avevo prudentemente parcheggiato tre isolati più in là.
- Figliolo, ti rendi conto della gravità della tua azione?
- Certo, ora me ne rendo conto, ma il fatto è che questo è uno dei peccati minori che ho commesso.

- Come uno dei peccati minori?
- Sì, confermo, uno dei peccati minori. Ricordo quei cinquanta chilometri che percorsi verso la città, furono cinquanta chilometri liberatori. La Porsche sfrecciava che era un piacere e tutto mi sembrava bello. Era la prima volta in vita mia che mi sentivo davvero libero. Quando si vedevano già in lontananza i primi palazzi, trovai una ragazza che faceva autostop. Fino a un anno prima non mi sarei mai fermato per caricarla, ma ero cambiato e non esitai neppure un momento. Mi accostai e la invitai a salire. Era bella, i capelli scuri e gli occhi azzurri, non ricordo il suo nome, ma le sue curve, quelle sì. Mi raccontò che andava in città per trovare lavoro, le prime notti avrebbe dormito da uno zio ma poi confidava di trovarsi un piccolo appartamento in affitto. Io invece gli dissi che andavo in città per cambiar aria, il mio piccolo paese oramai mi stava stretto e volevo divertirmi. Notavo come per la prima volta una ragazza mi guardasse vogliosa, sapevo che lei mi voleva e anch'io volevo lei e non vedevo l'ora di essere in hotel. Presi alloggio in uno dei migliori cinque stelle della città, mi ero appuntato nome e indirizzo a casa e quindi andai a colpo sicuro. La ragazza non si fece pregare a salire in suite con me. Quella fu la prima volta che feci sesso. Avevo sempre pensato che la prima volta lo avrei fatto per amore, ma non avevo di certo il tempo di innamorarmi, l'amore poteva aspettare così come io avevo aspettato vent'anni per usufruire di quelle gioie. Facemmo sesso, molto sesso, ovunque in quella suite, dal letto al bagno, alla Jacuzzi. Lei rimase lì con me. Non andò di certo dallo zio quando poteva stare tutto il tempo tra le braccia di una vera macchina del sesso. Fu grandioso, esaltante, praticamente non misi fuori il naso da quell'hotel per quasi una settimana. Ma al settimo giorno qualcosa cambiò. Mi ricordai che avevo ancora i miei dieci milioni, o poco meno, ero bello, ben vestito, avevo la Porsche, perché dovevo stare così tanto tempo con una ragazza? Partorii questo pensiero mentre mi sfumacchiavo il mio *Cohiba*, sdraiato sul letto appena dopo averla posseduta. Lei era distesa sulle lenzuola e mi guardava con occhi languidi. Era forse innamorata di me? Forse sì. In principio magari era venuta con me solo perché avevo i soldi e sapevo come spenderli, ma ora, dopo sette

giorni e sette notti di puro sesso, si era innamorata di me. Fu allora che le dissi, quasi bisbigliando, che doveva andarsene. Se lo fece ripetere un paio di volte prima di essere sicura che stavo dicendo proprio quella frase. All'inizio credeva che scherzassi ma quando vide che le stavo preparando la valigie le venne il dubbio che la puppa era finita. Quando aprii la porta per invitarla a uscire ricordo che si arrabbiò pure. Dovetti darle due schiaffi, di quelli giusti, per riportarla all'ordine e lei, quando ebbe la faccia rossa di sangue, finalmente capì che era meglio alzare i tacchi. Ancora non sapeva che il sesso che tanto l'aveva fatta godere in quella settimana, l'aveva infettata e a dire il vero io non avevo nessuna voglia di essere là quando lo avrebbe scoperto.

- Scusa? Intendi dire che avete fatto sesso non protetto e tu così l'hai infettata pur sapendo che potevi benissimo evitarlo?
- Sì, padre, è così.
- Ma tu sei un mostro!
- Può essere, ma attenda a giudicare alla fine, mi faccia andare avanti.
- Si, scusami figliolo, mi sono fatto trasportare dall'ira e te ne chiedo scusa. Continua pure.
- Finalmente, la suite era tutta per me, ma che fare? Volevo uscire ma era tardi, erano le due di notte, i locali ormai erano chiusi o stavano quasi per chiudere e a me stava tornando la voglia di sesso. Decisi allora di uscire comunque. Scesi con l'ascensore fino al piano interrato e accesi il mio bolide col quale uscii sfrecciando in strada. A quel punto mi accorsi che era lunedì notte e non c'era anima viva per la strada. Pazienza, decisi di fare un giro panoramico della città tanto per studiare le strade e le piazze. Poi finii quasi in periferia, in uno di quei lunghi viali alberati. Con stupore vidi quante prostitute c'erano, praticamente una a ogni albero. Il pensiero tornò a quando i miei amici volevano che andassi con loro a donnine e io rifiutavo per paura delle malattie. Quanto ero stupido, ma ora i tempi erano cambiati. Mi fermai vicino a una ragazza nera, dagli alti stivaloni bianchi. Non le chiesi nemmeno quanti soldi volesse ma la invitai direttamente a salire. Non la portai in hotel ma praticammo sesso sicuro in macchina, in una stradina appartata. Insistetti per farlo senza

profilattico ma la ragazza era di quelle furbe, pazienza. Non fu bello come con l'autostoppista e soprattutto fu scomodo. Non riuscivo proprio a capire cosa spingeva i miei amici a farlo in macchina. Mi ripromisi che la prossima volta me la sarei portata in hotel, nel mio comodo letto matrimoniale. Riportata la ragazza sul suo posto di lavoro rientrai in albergo e mi scolai un paio di birre prima di addormentarmi. Il giorno seguente fu dedicato allo shopping sfrenato, comprai una serie di vestiti eleganti e costosi nelle boutique del centro e la sera ero contento, orgoglioso di me stesso. Decisi poi di non cenare in hotel. Telefonai in reception e chiesi consiglio su un buon ristorante e pregai l'impiegata di prenotarmi un tavolo per le venti. Il ristorante era davvero gradevole, di quelli che si vedono nei film, ti cambiavano piatto a ogni portata e c'era un cameriere addetto solamente alla mescita del vino. Scelsi il menù degustazione e lo accompagnai con un vino delizioso, a dire il vero ai tempi non ero un esperto di vini e quindi mi fidai del prezzo e scelsi la bottiglia più cara che c'era sulla lista. Mi ricordo bene, era un Barolo chiamato Monfortino, vendemmia 1982, un'ottima annata, direi. Dopo il ristorante ritornai sul viale e questa volta caricai una bianca dai capelli biondi. Ricordo che mi disse che era bulgara o qualcosa del genere. Le chiesi se poteva venire nella mia suite e starci fino al mattino, non avevo certo voglia di riportarla indietro a cose fatte, nel pieno della notte. La ragazza accettò e in un battibaleno fummo in hotel. Ricordo che il portiere, un ometto dalla faccia sveglia, mi faceva delle storie sul fatto che non si potevano portare ospiti in camera ma io avevo capito tutto e bastò infilare una banconota nel suo taschino per farlo tacere. Una volta in camera facemmo una bella doccia assieme e poi chiesi alla ragazza di fare sesso non protetto, lei, visti i miei modi gentili, la mia pulizia, l'ambiente nella quale l'avevo introdotta e poiché non avevo badato alla sua richiesta di sovrapprezzo, mi disse di sì. Fu una bella notte di sesso, credo che piacque anche a lei.

- Figliolo, scusa se ti interrompo e se insisto sull'argomento, ma ti rendi conto che tu infettavi volontariamente altre persone?

- Sì, padre, ne ero conscio, ma avevo così tanta rabbia repressa dentro me che mi portava a compiere questi atti inumani, dei quali solo ora scopro la reale gravità e dei quali solo ora mi pento veramente.
- Lo spero…
- Il mattino seguente feci chiamare un taxi per la ragazza e io scelsi, contrariamente a quanto avevo fatto fino ad allora, di non fare colazione in camera bensì di farla in sala, al piano terreno, tanto per vedere che movimento ci fosse. Arrivato alla reception mi venne incontro il portiere, quello della banconota nel taschino, stava per finire il turno. Mi prese in disparte, in un angolo della sala e mi disse che lui poteva procurarmi tutto quello di cui io avevo bisogno: donne e droga in particolare. Prostitute di alto borgo, di quelle che vengono direttamente in hotel senza doverle andare a raccattare per strada, coca, crack, fumo e ogni altro ben di Dio. Il tipetto baffuto aveva capito subito che chi gli stava davanti voleva vivere la vita al meglio e allora gli dissi che quella sera, verso le nove, volevo in camera due belle ragazze, una bruna e una rossa, e coca per tre. Lui non si meravigliò della mia richiesta, non mi disse niente, mi fece solo l'occhietto e se ne andò. Io passai una tranquilla giornata a far niente ma verso il pomeriggio ero agitato per il festino che mi si annunciava quella sera. Per fortuna, finalmente, arrivarono le nove di sera, io avevo già cenato e avevo appena finito una bella doccia. Allo scoccar dell'ora sentii bussare alla porta e quando andai ad aprire scoprii cosa la mancanza di soldi e la mia dabbenaggine mi avevano fatto mancare in tutti quegli anni. Padre, provai sensazioni indescrivibili, che ora non le sto a raccontare. So solo che pensai che se il paradiso fosse solo la metà di quello che stavo provando, volevo morire subito.
- Figliolo! Non dire così! Il paradiso è il casto riposo delle anime miti e non Sodoma e Gomorra.
- Ha ragione padre e le chiedo scusa, ma voglio essere sincero con lei e le sto raccontando tutta la mia verità.
- Capisco, figliolo, capisco… ma andiamo avanti.
- Sì, bene, dal quel momento iniziò un lungo mese di perdizione tra alcol, droga e prostitute. Era come se volessi recuperare in pochissimo tempo i vizi che i miei amici

avevano avuto per anni e anni. E ci riuscii. Fu incredibilmente esaltante, ma a un certo punto iniziai ad avvertire stanchezza e vari dolori fisici che mi fecero ricordare che era dal mio arrivo in città che non prendevo le medicine e non mi controllavo. Decisi allora di fare qualche giorno di stop per disintossicarmi e per rientrare al mio paese per un controllo generale. Prenotai quindi un day hospital in camera a pagamento e ritornai all'ospedale dove ero stato infettato. I controlli andarono abbastanza bene, mi consigliarono riposo e soprattutto di ricominciare a prendere regolarmente le medicine. Fu quel giorno che il direttore dell'ospedale scese dai piani alti per venirmi a trovare e per sincerarsi che fossi a mio pieno agio. Che schifo, il suo atteggiamento mi fece proprio schifo. Intendo il fatto di venire a ruffianarmi solo perché aveva la coscienza sporca. E padre, avrebbe dovuto vedere la tirata d'orecchi che fece all'infermiera solo per dimostrarmi che teneva molto al fatto che io stessi comodo nella mia camera a pagamento. Povera infermiera, umiliata per niente. Fu in quel momento che mi passò per la testa un'idea malsana. Non fu difficile approfittare del momento di tristezza e rabbia che stava trascorrendo quella ragazza per farmela amica. Fu più facile del previsto e poi qualche soldo consegnato al momento giusto, per non farla sentire una mercenaria, mi permise di avere la lista dettagliata, con tanto di indirizzi, del personale al lavoro durante la mia degenza in seguito all'incidente. Avevo in mano l'elenco delle persone che mi avevano condannato a morte. Non sapevo bene cosa ne avrei fatto ma sapevo che non potevo agire subito, sarebbe stato troppo prevedibile. Così, quella lista, finì nel mio portafogli e lì rimase per diversi mesi prima di prendere aria nuovamente.

- A che cosa ti serviva quella lista?
- Padre, lo scoprirà presto, le racconterò tutto, ricorda che le ho promesso che sarò sincero al cento per cento con lei? Ma andiamo con ordine. La sera ritornai in città, nella mia bella suite e fu la prima notte che non trascorsi con una donna da quando mi ero trasferito. Mi sembrava quasi strano ma volevo trascorrere qualche giorno davvero tranquillo, senza distrazioni e avevo anche capito che non potevo stare all'infinito in quella suite di hotel. Il giorno dopo, quindi,

andai in centro, a piedi, e passai in quattro o cinque agenzie immobiliari per cercare una casa in vendita. Sapevo benissimo che mi rimanevano al massimo dieci anni di vita e che quindi mi sarebbe convenuto prendere una casa in affitto ma non volevo avere scadenze da ricordare e quindi preferii valutare le proposte in conto vendita. Il pomeriggio avevo già un paio di appuntamenti per visionare degli immobili ma ci volle quasi una settimana per trovare la casa dei miei sogni. Si trattava di un attico in centro città con un ampio terrazzo dal quale si potevano ammirare i tetti del centro storico, i campanili delle chiese e le colline vicine. Mi innamorai subito di quel appartamento e il prezzo, seppure esagerato, non era certo un problema per le mie tasche. Ero contento, proprio contento, non avevo mai acquistato una casa ed ero fiero di averlo fatto allora. L'attico era in pronta consegna, già ammobiliato con gusto e quindi potei traslocare il giorno dopo aver stipulato il rogito notarile. Mi dispiaceva abbandonare i lussi e le comodità della mia suite ma ormai avevo deciso, una vita un po' meno comoda mi avrebbe riportato parzialmente con i piedi per terra e mi avrebbe aiutato a mantenere i miei ritmi e a ricordarmi di prendere le mie medicine…

- …una scelta giusta, figliolo…
- …e tanto, ormai, avevo tutti i numeri di telefono del mio pusher e delle mie amiche della notte. I primi giorni in quella nuova casa furono magnifici, li trascorsi da solo, facendo alcuni lavoretti dei quali l'appartamento necessitava. Per la prima volta mi sentivo orgoglioso di me stesso e davvero indipendente. Quella casa, quello spazio, erano miei e solo miei. Ricordo che trascorrevo ore seduto sullo spazioso terrazzo a guardare i tetti della città, oppure appoggiato al davanzale intento a osservare i passanti in strada, cinque piani più sotto. Dopo circa una settimana però, sentii la necessità di uscire e, verso sera, quella di compagnia. Telefonai allora a una delle mie amiche invitandola a venire a vedere la mia reggia. Fu una notte di sesso, di quello fatto bene, senza droga però, volevo godermi il momento pienamente, senza avere la testa stordita. Nei giorni seguenti ricominciai la mia vita di bagordi notturni fatti di orgie, alcol e droga. Durante il giorno amavo prendermi cura dell'attico

ed ero diventato ormai un buon uomo di casa. Proprio vero il detto "fare di necessità virtù"!

- Bene, a volte anche nel male è presente il bene, ma continua, figliolo, andiamo avanti.
- Passarono i mesi e io mi stavo quasi stufando del solito tran tran, intendo quello delle prostitute. Il sesso mi piaceva sempre, naturale, ma avevo bisogno di cambiare, di provare esperienze nuove che mi facessero eccitare come i primi tempi.
- Figliolo, tu sai che l'omosessualità è peccato…
- …padre, stia tranquillo, non sono di quella parrocchia e il fatto di cercare nuove esperienze rientra sempre nella sfera dell'eterosessualità, quindi stia sicuro che avrò commesso molti peccati in vita mia, ma non quello!
- Scusa, figliolo, ma allora di cosa stai parlando?
- Dicevo, andai cercando nuove esperienze, mi dovetti scervellare bene ma alla fine mi vennero in mente un paio di belle idee, così belle che avrebbero riportato il mio eccitamento ai livelli dei bei tempi. E il flash mi venne una sera, quando arrivò il fattorino con la pizza. In verità il fattorino era una bella brunetta dal seno prosperoso e dai fianchi torniti ed esili. Ebbi una folgorazione. Volevo quella ragazza. Basta con le prostitute, le professioniste del sesso, io ora volevo fare sesso con le ragazze comuni, le classiche "ragazze della porta accanto". Ma non volevo trascinarmi in lunghi corteggiamenti per poi magari sentirmi dire no. Allora, una volta pagata la pizza buttai lì la domanda: "Scusa, faresti sesso con me?" Non le dico la faccia stupita della ragazza!
- E lei cosa rispose?
- Rispose di no, naturalmente.
- Bene, cosa buona e giusta.
- Aspetti padre a esternare i suoi commenti! La storia non finisce qui. Lei mi rispose di no ma io le dissi che ero molto ricco e potevo pagarla. Lei, con aria offesa, si girò incamminandosi verso la porta e allora io dissi solo un numero: "Diecimila!" A quella parola lei si bloccò e, sempre girata verso l'uscita, chiese: "Quanto?" Io allora replicai: "Ti do diecimila euro se passi la notte e fai l'amore con me!"
- E lei?

- Fu una grande notte di sesso. Appagante. L'unica cosa negativa fu che lei volle fare sesso protetto perché, sue parole testuali "non mi conosceva bene". Ricordo che, a quella risposta, pensai 'non mi conosci bene ma tanto fai sesso con me…' La cosa divertente fu che la sera dopo sentii suonare il campanello ed era lei. Una volta entrata in casa mi fece capire che per altri diecimila euro avrebbe ripetuto l'exploit sessuale della sera prima. Io in verità non ero molto propenso nel bissare anche perché il giochetto era eccitante proprio perché si corrompeva a fare sesso un'estranea e lei per me non lo era più. Poi, però, mi venne l'idea di proporle sì la stessa somma della sera prima ma a patto che si facesse cavalcare a pelo. Lei era titubante ma quando le presi la mano, la guardai negli occhi con sguardo languido e le sussurrai: "Ormai ci conosciamo", lei cedette alle mie avances.
- Povera ragazza, condannata da un folle.
- Caro padre, la colpa non è tutta mia, lei ha incassato ventimila euro in due notti e solo per fare del sesso, nessuno l'ha obbligata. Anzi, continuando la storia, la sera dopo sentii nuovamente suonare il citofono, ero sicuro che era lei in cerca di altro denaro, ma non risposi né aprii il portone. Non era più la novità. Di per contro, nelle settimane successive, girai la città in cerca di altre simili avventure e le dico che ben poche ragazze mi dissero di no. Io mi ero anche fatto più scaltro e non esordivo più con la cifra alta e tonda dei diecimila. Partivo dai cinquecento e le dico che qualche ragazza accettava già a quella cifra, erano in particolare studentelle che volevano comprarsi la griffe per la quale la paghetta dei genitori non era sufficiente. Alcune erano pure vergini. In poche mi facevano arrivare ai diecimila. Solo una mi costrinse a sborsare venticinquemila euro, ma quella era una trentenne sposata che non voleva tradire il marito perché, a suo dire, ne era profondamente innamorata. Bene, quel profondo amore valeva venticinquemila euro.
- E tu con queste donne hai praticato sempre sesso non protetto?
- No, solo con la metà, o giù di lì, le altre hanno voluto proteggersi.
- Oh, mio Dio.

- Questo giochetto continuò per mesi e più andavo avanti più mi perfezionavo e aggiungevo varianti al canovaccio. Mi ricordo, per esempio, di una volta che costrinsi due amiche, trovate in centro a fare shopping, a provare tra loro il sesso omosessuale e poi a fare l'amore con me, il tutto per aver pagato loro, con la mia carta di credito, un paio di vestiti firmati. Un'altra volta venne a bussare al mio uscio una suora, abbastanza giovane e di aspetto gradevole. Chiedeva soldi in beneficenza per le missioni. Io le dissi che avrei donato diecimila euro ma che lei doveva masturbarsi davanti a me.
- Oh Gesù, fa che quella povera creatura abbia mantenuto fede alle sue promesse di castità.
- Non la faccio parlare oltre padre, perché quella povera sorella cedette, dovetti offrire ventimila euro, ma alla fine cedette e a quel punto si giustificò dicendo: "Per quei poveretti che muoiono di fame!" Ma non sono tanto sicuro se quei bei soldini finirono alle missioni o rimasero nelle sue tasche, ma poco me ne importa, io avevo ottenuto quello che volevo.
- Sono allibito, esterrefatto, non posso sentire oltre…
- …eppure, padre, lei deve ascoltarmi, perché io sono pentito e voglio essere perdonato.
- Sia fatta la volontà del Signore, continua figliolo.
- Bene, seguirono altri mesi di divertimenti vari ma poi, un giorno, pagando il conto di un ristorante, mi venne in mano il foglietto che avevo riposto mesi e mesi prima nel portafogli. Era il pezzo di carta dove erano scritti i nomi dei miei boia, di coloro che mi avevano condannato a morte. Pensai allora, che fosse giunto il momento di vendicarsi.
- La vendetta è…
- …ma non sapevo come fare. L'idea mi venne qualche giorno dopo quando ero sul terrazzo dell'attico, in pieno sballo da crack, con una turista canadese conosciuta qualche ora prima in centro città. L'idea era buona. Il giorno dopo mi abbonai al giornale, quello che ha la cronaca regionale nelle ultime pagine.
- E perché lo hai fatto?
- Lo capirà, padre, ma mi lasci andare avanti. Quel giorno ordinai al mio pusher alcuni grammi di coca per un festino che avrei tenuto quella notte. Quando lui fu a casa mia per la

consegna, gli chiesi se conoscesse qualcuno in grado di farmi un certo lavoretto e lui rispose che, pagando il giusto, aveva la persona che faceva per me. Bene, il giorno dopo ero in agenzia viaggi. Non avevo mai viaggiato e mi volevo togliere anche questo sfizio.

- Aspetta, aspetta. Prima il giornale, poi i viaggi, ma cosa c'entrano con la lista?
- Padre, mi lasci finire e lo capirà.
- Va bene, figliolo.
- L'agenzia viaggi era di quelle spaziose, con più postazioni, in modo tale da servire più clienti contemporaneamente. Non avevo idea di dove andare ma mi aiutò un poster appeso alla parete giusto dietro l'agente che mi stava servendo. Una favolosa isola delle Maldive, un piccolo atollo, elitario, con sopra un villaggio a cinque stelle. Quando l'operatore mi disse il prezzo a settimana, ci fu un momento di silenzio all'interno del locale. Tutti avevano sentito quella cifra e mi guardavano. Io, naturalmente, potevo permettermi quella somma di denaro anche se una settimana là costava come affittare un attico in centro per tre mesi. Confermai per due settimane a partire dal sabato successivo, appena tre giorni dopo. Quando l'agente mi chiese se fossi solo o accompagnato mi guardai intorno. Alla postazione accanto alla mia c'erano due ragazze, credo di diciannove o vent'anni, che erano lì probabilmente per trovare una pensioncina al mare, sull'Adriatico o al massimo in Spagna. Loro mi guardavano e io ero sicuro che avevano ascoltato tutta la conversazione e ne ebbi la conferma quando chiesi loro: "Volete venire con me? Pago io!" Il loro sì immediato fu la conferma che sapevano di cosa stessi parlando. Allora mi voltai verso l'impiegato e dissi: "Una matrimoniale con letto aggiunto, grazie". Le ragazze mi diedero il loro numero di cellulare e il sabato le trovai in aeroporto ad aspettarmi davanti al bancone del check in. Non mi dilungherò sui dettagli della vacanza e sui risvolti sessuali della stessa. Preciso solo che la gratitudine di quelle care fanciulle fu all'altezza delle mie aspettative. Al mio ritorno trovai sullo zerbino, davanti al portoncino dell'appartamento, una quindicina di giornali che si erano accumulati durante la mia assenza. Me li misi sotto il braccio ed entrai. La sera, mentre

mi fumavo un buon *Romeo Y Julieta*, seduto sulla poltrona in terrazza, iniziai a sfogliare quei giornali e, tra un sorso di *El Dorado 15* e l'altro, trovai la notizia che stavo cercando. Il titolo dell'articolo riportava: 'Donna viene malmenata e stuprata per cinquanta euro'. Una donna era stata aggredita da un delinquente, probabilmente uno straniero, che l'aveva picchiata e poi violentata per rubarle la borsetta nella quale c'erano solamente cinquanta euro. Lo sa chi era quella donna?

- No… non lo so, chi era?
- Era l'infermiera che mi aveva trasfuso il sangue infetto, quella che mi aveva bucato il braccio e che aveva collegato la sacca alla mia flebo, condannandomi a morte.
- Oh mio Dio! E sei stato tu a farle quelle brutalità?
- No, e come avrei potuto farlo! Io ero alle Maldive occupato a fare altro! Qualcuno l'aveva fatto per me mentre io ero sotto il sole ad assicurarmi il mio alibi di ferro. Da notare l'astuzia di farlo sembrare un semplice furto, avendo rubato la borsetta e non una spedizione punitiva.
- Lo sai che quella povera infermiera non sapeva che il sangue che ti stava trasfondendo fosse infetto? Che colpa ne aveva?
- Colpe magari non ne aveva, ma fatto sta che io sono malato, in fin di vita ed è lei una delle persone che mi ha ridotto così. Non sono le volontà che contano, ma i fatti.
- Scusami figliolo, ma tu hai detto "una delle persone". Intendi dire che hai fatto la stessa cosa anche con altra gente?
- No, non la stessa punizione, altrimenti sarebbe stato monotono e sarebbero potuti risalire a me! Feci, o meglio, feci fare altre cose. Ma non subito. Lasciai passare diversi mesi tra una rappresaglia e l'altra e feci utilizzare dinamiche molto differenti in modo tale che nessuno potesse associarle tra loro e arrivare a me. Aggiungiamo poi che, anche se la polizia avesse iniziato a sospettare di me, avrei avuto i miei alibi di ferro e i migliori avvocati della città a disposizione. Quindi, come potrà immaginare, in quegli anni viaggiai molto e a ogni viaggio corrispondeva una punizione.
- Che tipo di punizioni?
- Beh, il chirurgo fu travolto da una macchina direttamente nel parcheggio dell'ospedale. L'anestesista si suicidò (con un piccolo aiuto) buttandosi dal balcone di casa sua.

Un'infermiera sparì e non fu mai ritrovata. La caposala fu uccisa durante una rapina in Messico mentre si godeva il viaggio di nozze. Quello fu l'unico caso per il quale, per dovermi creare un alibi, mi fu sufficiente rimanere a casa. Avevo saputo da fonti certe che lei sarebbe andata in luna di miele in un villaggio nello Yucatan, tra l'altro una gradevolissima struttura nella quale ero stato anch'io proprio nella settimana del suicidio dell'anestesista. Allora inviai una mia persona di fiducia in trasferta. Fu davvero bravo, a nessuno venne il dubbio che fosse un duplice omicidio su commissione e non un furto.

- Perché duplice?
- Perché rimase ucciso anche il marito.
- Era anche lui nella lista?
- No.
- E allora perché?
- Non potevamo lasciare testimoni e poi, a quanto mi fu riferito, il marito venne ucciso per primo in modo da aumentare e prolungare il dolore della moglie.
- Oh, mio Dio!
- Per il direttore dell'ospedale organizzai una punizione esemplare. Assoldai un hacker, un pirata informatico, per intenderci, che riuscì a trasferire ingenti somme di denaro dal conto dell'ospedale al conto personale del direttore. Naturalmente, la polizia fu subito avvisata del misfatto da una telefonata anonima e il caro direttore, che era l'unico ad avere l'accesso a quei conti, perse il lavoro, dovette restituire il denaro e si fece sei mesi di arresti domiciliari. Inoltre, grazie a qualche altro giochetto informatico, incorse nel sequestro dei beni e nella loro vendita all'asta. Rimase quindi senza un soldo e passò dalla villa in collina all'appartamentino in affitto in periferia dove iniziò a scontare i suoi sei mesi di arresti domiciliari.
- Terribile.
- Aspetti, non è finita qui. Durante gli arresti domiciliari un paio di miei fidati entrarono in casa sua e uccisero sua moglie e il suo nipotino. I due riuscirono a fuggire quando le sirene delle macchine della polizia, avvisata a tempo debito da un mio complice che denunciava delle grida provenienti da quella casa, già si sentivano in lontananza. Peccato che la

figlia del caro direttore non fosse a casa in quel momento. Non fu difficile per gli inquirenti riversare l'intera colpa del duplice omicidio sul direttore. Chi poteva essere stato se non lui? Lui, un uomo fallito, in preda alla disperazione, che sfogava la sua ira con i propri familiari. Inoltre la polizia non aveva trovato segni di scasso quindi l'ipotesi di assassini venuti dall'esterno era da escludersi. Il processo non fu molto difficile anche perché, grazie ai servizi di un investigatore privato, riuscii a corrompere il giudice, o meglio, a ricattarlo; non penso volesse che quelle foto di lui e la sua amante arrivassero alla moglie. Così fu deciso per l'ergastolo. Da quanto ne so, il mio caro direttore rimase in galera per qualche mese a farsi ripassare come un calzino dai galeotti, poi, ridotto allo stremo delle forze psico-fisiche, decise di farla finita buttandosi della terrazza del penitenziario durante l'ora d'aria.

- Oh, mio Dio!
- Fu così che maturai la mia vendetta e, avendole promesso di dire la verità, le confesso che fu eccitante, molto eccitante, fu la mia catarsi e il mio modo di trovare la forza di perdonare quegli assassini.
- Dio li abbia in gloria.
- Finite le punizioni, e siamo a circa tre anni e mezzo fa, ebbi un periodo di smarrimento, quasi come se, ottenuta la mia sana vendetta, non avessi più ideali da perseguire. La mia vita sembrava vuota e priva di senso. Mi ero oramai stufato dei miei giochetti sessuali e iniziai ad abusare della droga più di quanto avessi fatto fino ad allora. Fu un periodo durante il quale, spesso e volentieri, mi dimenticavo di assumere le medicine e di fare gli opportuni controlli medici. Una notte, ero strafatto di coca, mi trovavo a percorrere i viali fuori città, mi capitò di vedere una prostituta, alta e formosa, con addosso una pelliccia bianca. Non mi trovavo lì specificatamente per andare a donne ma, visto che quella ragazza mi ispirava e considerato che da qualche settimana non gioivo delle grazie di una donna, mi avvicinai e la feci salire. Lei non volle venire a casa mia e la cosa mi fece irritare, ma oramai mi era venuta voglia di sesso e non volevo scaricarla per andarmene a cercare un'altra, e allora l'assecondai. Ci dirigemmo verso la campagna e lei mi

indirizzò in una stradina sterrata che finiva in un piccolo piazzale tra i cespugli, il posto adatto per stare in disparte senza essere visti e disturbati da nessuno. Mi venne la fantasia di possederla sul cofano della Porsche ma a lei l'idea non piaceva affatto anche perché eravamo di notte, in autunno inoltrato e fuori spirava un venticello frizzante. Non so cosa mi capitò ma, quasi inconsciamente, la presi di forza, la trascinai fuori dall'auto e la buttai sul cofano. Feci volare via la pelliccia. La ragazza iniziò a divincolarsi e allora, senza nemmeno pensarci, iniziai a percuoterla con schiaffi e pugni, fino a quando, con la faccia ridotta una maschera di sangue, capì che era meglio stare zitta e ferma per evitare il peggio. Il ricordo di quella notte in me è vago, mi rivedo, però, mentre la posseggo su quel cofano, non ho idea per quanto tempo, risento nelle orecchie il suo pianto, mi tornano in mente quelle immagini sfuocate dalla droga. Quando finii, la presi per le gambe e, tirandola per le caviglie, la feci cadere per terra, poi, noncurante, salii in macchina e tornai a casa. Non era la prima volta che usavo violenza verso una persona ma quella volta agii inconsciamente e con una forza che nemmeno io sapevo di avere. Nonostante io sappia che non è gradevole da sentire, devo ammettere che ero soddisfatto di me stesso e, tornando a casa, ricordavo ogni attimo di quella violenza, godendo a ogni particolare che mi veniva in mente. Fu una esperienza forte ma stupenda. Fu anche la prima di una serie di violenze.

- Come una serie di violenze?
- Sì, padre, una serie di violenze, perché la parte cattiva di me ci prese gusto e mi costrinse a ripetermi in modi e situazioni diversi.
- In che senso?
- Nel senso che non mi limitavo alla sola violenza sessuale, a volte, per esempio, aggredivo le persone per il solo gusto di picchiare, di dimostrare la mia superiorità, di sentire il loro destino nelle mie mani. Feci violenze di ogni tipo. Una volta picchiai a sangue un prete come lei, solo per il gusto di farlo. Furono mesi intensissimi, quasi tutte le notti uscivo per le mie spedizioni. Naturalmente, era la droga il propellente della mia violenza, cocaina ed ecstasy in particolare, quegli stupefacenti che ti danno la carica e ti fanno sentire capace di

tutto, non come la marijuana che ti rilassa e rammollisce. Rientravo a casa verso l'alba, giusto in tempo di coricarmi prima di andare in down.

- Orribile!
- Ora lo dico anch'io, ma allora fu entusiasmante.
- Hai forse ucciso qualcuno in queste "spedizioni"?
- Probabilmente sì. Di norma li lasciavo malconci, ma è probabile che qualcuno sia trapassato mentre io ero già lontano.
- Non sei stato mai arrestato?
- A dire la verità qualche bega con la giustizia l'ho avuta, ma mai per omicidio, solo per aggressione o stupro. Le ricordo che io potevo disporre dei migliori avvocati, quindi fu facile, almeno per le prime due volte, essere assolto. La volta successiva fui condannato agli arresti domiciliari. Come potrà immaginare, nonostante l'obbligo di rimanere rinchiuso in casa, le mie scorribande notturne continuarono e quando mi sorpresero ubriaco fradicio e strafatto alla guida della mia fuoriserie nell'area pedonale del centro storico, quella volta, fui condannato a sei mesi di reclusione. Grazie ai miei avvocati e alla legge del nostro caro Paese, secondo la quale la mia situazione di persona affetta da AIDS è incompatibile con il carcere, potei usufruire degli arresti domiciliari presso una struttura sanitaria. Per pura combinazione finii nell'ospedale dove ero stato infettato anni prima. Per un primissimo periodo rimasi a letto e le medicine, che tornavo ora a riprendere regolarmente, giovavano non poco al mio organismo molto provato da anni di vizi e dall'avanzamento della malattia. Poi, però, ritornai a uscire di sera per le mie scorribande. In ospedale bastava qualche mazzetta a infermieri e portinai per farmi uscire, mentre l'eterno senso di colpa nei miei confronti da parte del personale mi permetteva di avere l'omertà di tutti. Quindi continuai le mie folli violenze fino a quando, circa due anni fa, una notte di dicembre, mi trovarono riverso per terra in un vicolo del centro, in stato comatoso. Il 118 arrivò a pelo in ospedale. Seguirono alcune settimane costretto a letto, senza forza e con la consapevolezza che non mancava molto alla mia dipartita. Fu la fine dei miei peccati, almeno di quelli gravi.

Non scappai più dall'ospedale e finii di scontare i miei arresti domiciliari.

- Quindi, avremmo finito?
- Ebbene sì, come detto, fu la fine della mia vita sregolata. Da allora, tranne qualche piccolo peccato veniale, non ho più macchie sulla coscienza. Quello che ci tengo a dire però è che io posso solo ringraziare la mia malattia.
- Questo l'hai già detto figliolo ma non ne capisco il motivo.
- Sì, padre, ringrazio la mia malattia, perché, seppur condannato a morte, mi ha permesso di vivere.
- In che senso.
- Mi ha fatto accorgere che fino al momento del contagio non avevo praticamente vissuto e mi ha fatto scoprire la bellezza della vita, me l'ha fatta vivere appieno, fino in fondo, in ogni minimo particolare. Carpe diem, padre, carpe diem. Se non mi fossi ammalato non mi sarei mai divertito tanto, non avrei gioito della vita come invece ho fatto.
- Sì, figliolo, ma ammalandoti hai accorciato sensibilmente la tua vita.
- Certo, è vero, ma sono stati molto meglio questi ultimi dieci anni dei primi venti che ho trascorso e degli altri cinquanta o sessanta che avrei vissuto non ammalandomi. E' proprio vero quello che diceva Mussolini: "Meglio un giorno da leone che cento da pecora", e padre, io, di giorni da leone, ne ho vissuti molti più di uno.
- E ora sei pentito di tutti questi peccati?
- Sì, padre, dopo l'uscita dall'ospedale mi sono riavvicinato alla fede, ho fatto continui esami di coscienza e mi sono finalmente accorto che, seppure questi dieci anni da un lato siano stati favolosi, dall'altro sono stati costellati dai peccati più gravi e ignobili e non mi aspetto che lei mi assolva.
- Ricordati, figliolo, che solo Dio può perdonare i tuoi peccati e l'assoluzione che il sacerdote dà è tramite Dio. E' Dio che ti perdona e non il confessore. I tuoi peccati sono stati gravissimi e io spero davvero che tu sia pentito. In questo caso Dio ti perdonerà e io ti assolverò.
- Sono pentito, padre, mi creda, in caso contrario che motivo avrei avuto di venire qua da lei a confessarmi?

- Io ti credo figliolo ma, visto che non mi è mai capitato un peccatore simile, non ho idea della penitenza da consigliarti.
- Padre, io la penitenza l'ho già fatta e ho già avuto la mia redenzione.
- Che cosa dici figliolo?
- Sì, e glielo posso raccontare, se ha ancora qualche minuto per me. E' capitato tutto negli ultimi mesi, dopo l'uscita dall'ospedale.
- Ho i miei dubbi sulla tua redenzione, figliolo, ma raccontami pure, sono qui per ascoltare.
- In ospedale feci amicizia con un'infermiera. Il suo aspetto era molto gradevole, aveva un bel viso ma i suoi occhi nascondevano un non so che di triste e malinconico. Io e lei entrammo ben presto in confidenza e un giorno lei mi disse che aveva saputo della mia vicenda, del fatto che ero stato infettato e che da allora ero condannato. Aggiunse che anche a lei erano capitate cose orribili, quasi come a me. Il suo ragazzo l'aveva lasciata non appena aveva saputo che era incinta. Tempo dopo, la sua famiglia era stata assassinata da alcuni bruti che si erano introdotti in casa loro per rubare. Lei, per pura fortuna, non era presente ma sua madre e suo figlio erano stati massacrati e il padre risparmiato. In questo modo l'uomo era stato accusato ingiustamente dell'omicidio e imprigionato. Egli non aveva poi retto all'onta del carcere e si era suicidato. Per di più, la sua famiglia, che un tempo era ricca, a seguito di varie vicissitudini, aveva perso tutto il suo patrimonio e lei, povera stella, era costretta in casa d'affitto. Per fortuna aveva recentemente trovato lavoro in ospedale così poteva permettersi di tirare avanti. Aggiunse che sentiva un grande vuoto dentro sé, che avrebbe voluto avere ancora un figlio, ritrovarsi nuovamente madre, ma che non voleva più impegnarsi sentimentalmente con nessun uomo.
- Ma allora quell'infermiera non era altro che la figlia del direttore dell'ospedale!
- Esatto, padre, esatto. E si era affezionata a me proprio perché avevamo in comune una vita travolta da eventi negativi.
- E tu non le hai confessato le tue responsabilità?
- No, padre, non ce l'ho fatta. Gradivo molto la sua compagnia. Sapevo che era una compagnia sincera e che lei non mi era amica, come facevano tutti, solo perché ero ricco.

Lei mi voleva bene come persona. Se avessi confessato, come sinceramente ero tentato di fare, avrei perso quell'amicizia e quell'amicizia era l'unico appiglio che mi rimaneva per tenermi in vita, per non spararmi in bocca. Era per me un periodo delicatissimo, la vita di vizi ed eccessi non mi attirava più, il mio fisico era allo sbando e quello che volevo era solo vivere i miei ultimi mesi in modo tranquillo e pacifico.

- E allora, cosa hai fatto?
- Quando uscii dall'ospedale, scontati i miei sei mesi di pena, ritornai in città e vendetti l'attico in centro, nel frattempo cercai e trovai una bella villetta nel mio paese di origine. Un mese dopo mi ero già trasferito nella mia nuova casa. La sera stessa del trasloco mi trovavo nel parcheggio dell'ospedale, appoggiato all'utilitaria, presa a rate, dell'infermiera. Quando lei uscì e mi vide, mi corse incontro, mi abbracciò, mi diede un bacio sulla guancia e mi disse che le ero mancato e che lei aveva avuto paura che non mi avrebbe mai più rivisto ma che per fortuna ora ero lì. Padre, fu un momento molto intenso e molto bello, una sensazione di benessere attraversò il mio corpo stanco e malato. Nessuna donna mi aveva mai fatto provare una sensazione del genere. Era meglio del sesso e della droga messi assieme, era fantastico, impagabile, indescrivibile. Le dissi che mi ero appena trasferito in paese, che la casa era grande e che poteva ospitare anche lei, che avevo bisogno di assistenza medica in quell'ultimo periodo della mia vita e che sarebbe stato bellissimo se lei si fosse trasferita da me. Naturalmente l'avrei pagata e avrebbe avuto vitto e alloggio gratis. Lei accettò al volo ma a due condizioni: avrebbe partecipato al 50% alle spese della casa e mi avrebbe dato assistenza medica gratuitamente. Padre, ha capito, voleva pagare metà delle spese e non voleva essere stipendiata. Capisce che contraccolpo fu per me. Io ero abituato ad avere tutto dietro pagamento, ero stato attorniato, fino ad allora, da mercenari pronti a tutto a patto di ricevere in cambio soldi e solo soldi. E lei, invece, mi avrebbe assistito fino alla morte solo per l'amicizia che nutriva nei miei confronti. Era incredibile per me, ma era vero.
- E tu? Hai accettato?

- E cosa dovevo fare, padre? Se non avessi accettato l'avrei persa, i suoi patti erano insindacabili! E allora iniziammo la nostra convivenza. Fu una bella esperienza. Io stavo quasi tutto il tempo in casa, lei invece faceva i turni in ospedale, ma quando non lavorava s'impegnava anima e corpo nell'assistermi. Lei era tutto per me e io ero tutto per lei.
- Lei era innamorata di te?
- Non lo so padre, forse innamorata no, ma la sua amicizia e la sua disponibilità verso di me erano totali.
- E tu, figliolo, eri innamorato di lei?
- Non lo so padre, non ho mai provato il vero amore e quindi non saprei dirglielo, ma se amare vuol dire essere in perfetta sintonia con una persona da non poterne fare a meno, sì, probabilmente io ero innamorato di lei e lei era innamorata di me.
- E fisicamente, eravate innamorati?
- Se intende il sesso, padre, no, non la sfiorai mai con un dito, non me la sarei mai sentita. Io la consideravo come un fiore che è un delitto raccogliere, ma che deve continuare a vivere sul suo stelo.
- Bene, figliolo, quello che provavi era il vero amore, quello che va oltre il coinvolgimento del sesso che spesso acceca e fuorvia dai veri sentimenti.
- Ha ragione padre, ha colto nel segno.
- Bene figliolo, ma mi hai parlato di redenzione. Credi che sia sufficiente ospitare in casa tua quella ragazza per farti perdonare ogni peccato commesso?
- No padre, sono conscio che non basta, ma non ho ancora finito la mia storia.
- Bene, procediamo allora.
- Come detto, quelli furono i mesi più belli della mia vita e credo che anche lei si trovò molto bene con me. Sia io che lei facevamo di tutto per far star bene l'altro. Ricordo che attendevo con impazienza che venisse sera per vederla avvicinarsi al mio viso e baciarmi la fronte. Quella era la sua buonanotte e credo che per me non ci fosse cosa migliore. La mia malattia però, si stava aggravando e da recenti esami svolti in ospedale mi era stato detto che avrei avuto al massimo dai sei ai dodici mesi di vita. Non era stata una bella

notizia ma la compagnia premurosa di lei mi aveva aiutato a sopportare con pacifica tranquillità l'esito di quei test. Fu pochi giorno dopo quegli eventi che, girovagando su internet, feci una scoperta sensazionale. In una clinica svizzera si era appena finita la sperimentazione di una nuova tecnica che ora veniva messa a disposizione di chi ne avesse bisogno. La tecnica era l'inseminazione artificiale di donne con lo sperma del marito o del compagno sieropositivo. Lo sperma, facendola molto semplice, veniva centrifugato in un apposito macchinario in modo tale da separare gli spermatozoi dal virus dell'AIDS. In questo modo si otteneva uno sperma non infetto che si poteva utilizzare per inseminare artificialmente la donna. La notizia mi lasciò a bocca aperta. Presi il numero della clinica e telefonai immediatamente. Lei, fortunatamente, era al lavoro così potei parlare in tutta tranquillità. Il centralino mi passò direttamente il primario che mi confermò che la notizia era veritiera e che stavano già fioccando le prenotazioni da tutto il mondo, ma se avessi prenotato immediatamente, lasciando come garanzia il mio numero di carta di credito, avrei avuto la certezza di passare nel giro di due mesi. Confermai immediatamente.

- Scusa figliolo, aiutami a capire. Tu volevi avere un figlio dall'infermiera?
- Ebbene sì, padre, ha capito perfettamente.
- E hai prenotato senza chiederle se fosse d'accordo?
- Prenotai subito perché non sapevo quanto tempo mi era concesso ancora di vivere e nel caso che lei mi dicesse di no, avevo tutto il tempo di disdire, al massimo avrei pagato una penale alla clinica.
- E gliel'hai chiesto? Cos'ha risposto?
- Padre, lei non ha idea della felicità che mi colse a seguito di quella telefonata in Svizzera. Non avevo mai avuto idea di avere figli, tanto meno da quando ero malato ma ora, grazie a quella notizia, la voglia mi prese, tutto all'improvviso, ed era una voglia maniacale, quasi ne avessi bisogno fisico. Era incredibile, ero contento che qualcosa di me continuasse a vivere in questo mondo. Il problema era ora di come chiederglielo, come spiegarle le mie motivazioni. Impiegai due giorni per concepire un discorso idoneo allo scopo. Fu un periodo di riflessione profonda, poi, finalmente, la sera del

secondo giorno, presi coraggio e mi feci avanti. Lei arrivò dal lavoro, aprì la porta ed entrò. Io l'aspettavo in piedi, nel salotto. Le mie gambe tremavano. Lei era di buon umore. Le dissi: "Senti, cara, ho una cosa importante da chiederti e non mi aspetto che tu mi risponda subito ma voglio che tu sappia che sono estremamente serio e conscio di quanto sto per dirti. In ospedale mi avevi detto che avresti voluto avere ancora un bambino ma che non volevi più impegnarti sentimentalmente. L'altro giorno, su internet, ho scoperto che è possibile depurare lo sperma di un sieropositivo dal virus per poi fecondare l'ovulo femminile. Ho chiamato la clinica in Svizzera e mi hanno confermato la cosa. Ora, sono molto imbarazzato ma vorrei chiederti se tu…" Lei non mi lasciò finire, anzi mi interruppe dicendo: "Sì, lo voglio, voglio avere un figlio da te!" Poi corse verso di me e mi abbracciò. Ci trovammo entrambi in lacrime ma felici come non lo eravamo mai stati prima. Fu il giorno più bello della mia vita.

- E come andò?
- La chiamata dalla clinica arrivò in anticipo rispetto al previsto, circa quarantacinque giorni dopo la mia prenotazione. Andammo in Svizzera e dopo una settimana eravamo già a casa. Non restava altro che aspettare, i dottori erano più che ottimisti. Dopo un mese il suo ciclo era in ritardo e dal test di gravidanza risultò che lei era incinta, aveva in grembo mio figlio. Ero al settimo cielo e anche lei era entusiasta. Avremmo avuto un bambino, non avrei mai sperato in tanta grazia.
- Bene, sono contento per voi, figliolo, ma questo quanto tempo fa succedeva?
- Undici mesi fa, padre.
- Quindi il bambino è nato.
- Sì, è nato, padre.
- Bene, figliolo, la nascita di un figlio è un dono del Signore.
- Sì, padre, è vero, ma andiamo avanti. A seguito di quella notizia dovetti fare dei ragionamenti, dovevo assicurare a lei e a nostro figlio un futuro sicuro. Andai in banca e scoprii con piacere che avevo ancora a disposizione tre milioni e trecentomila euro. Praticamente in otto anni di vizi avevo dilapidato circa i due terzi del mio patrimonio ma mi rimaneva ancora un discreto capitale. Volevo che questi soldi

fossero a loro completa disposizione. Il mio stato di salute era pessimo, andavo a coricarmi ogni sera sapendo che anche una minima complicazione durante la notte non avrebbe permesso di risvegliarmi al mattino. Corsi allora ai ripari, e lo feci velocemente.

- Cosa hai fatto, hai sposato quella ragazza?
- No, padre, anche se era la scelta più facile e atta allo scopo, ma non me la sentii. Ero contentissimo del fatto che avrei avuto un figlio da lei e che questo bambino avrebbe, in un certo senso, rappresentato una parte di me su questa terra quando sarei dovuto dipartire, ma non volevo che lui sapesse di me, non volevo che conoscesse suo padre e che un giorno, facendo delle ricerche, scoprisse il pessimo uomo che sono stato.
- E allora, cosa hai fatto?
- Discussi la cosa con lei, non le spiegai che non volevo che nostro figlio sapesse di me, le dissi solamente che non era giusto sposarla ma che era doveroso che lei e il bambino usufruissero del mio patrimonio.
- E allora?
- Allora andammo dal notaio e io le donai la casa e poi andammo in banca e girai tre milioni di euro su di un conto corrente intestato a lei e solo a lei.
- Tre milioni, figliolo? Non avevi detto di possederne di più?
- Sì padre, i trecentomila rimasero sul mio conto.
- E per quale motivo?
- Lo scoprirà fra poco. Al quinto mese, l'ecografia di controllo ci disse che il nascituro era un maschietto. Eravamo contentissimi, lei in particolare perché il bambino che aveva perso era un maschio e quando mi chiese se potevamo chiamare nostro figlio con lo stesso nome dell'altro suo bambino, le dissi di sì, era doveroso. Quindi, padre, eccole la mia redenzione. Ho cercato di riparare in parte alle mie malefatte, ho ridato un figlio alla donna che lo aveva perso e ho assicurato a entrambi un futuro sicuro e agiato. Capisco che non è una redenzione completa e definitiva ma è quello che ho potuto fare, per quanto riguarda il resto, sono davvero pentito e chiedo scusa a tutti.
- Ti capisco, figliolo, il tuo gesto è degno di nota anche se non basta, ma hai comunque dimostrato il tuo sano pentimento e

sono certo che Dio lo sa e ha già perdonato i tuoi peccati. Ma dimmi, non mi hai ancora spiegato come mai hai tenuto da parte i trecentomila euro.

- Sì padre, ora le spiego il motivo. Circa tre mesi fa, mi recai in questa città e affittai un appartamentino. Il giorno dopo, lei era in ospedale per un day hospital di controllo, lasciai la villetta e mi trasferii qui. Qui trascorrerò gli ultimi mesi della mia vita.
- E perché l'hai fatto?
- Perché non volevo vedere mio figlio.
- E perché no?
- Se non l'avessi visto non sarebbe stato tanto difficile per me avere la consapevolezza che pochi mesi dopo sarei dovuto morire e lasciare quanto di più caro avevo al mondo.
- Figliolo, sono senza parole... e la ragazza, come prese la cosa?
- Non lo so, le lasciai solo un biglietto dove spiegavo le mie motivazioni e la pregavo di non cercarmi.
- E lei ti cercò?
- Probabile, ma non riuscì a trovarmi.
- E il bambino, non l'hai mai visto?
- No, mai, anche se muoio dalla voglia di farlo, ma non posso, sarebbe troppo duro per me. Sento che oramai la morte è vicina, cammino a stento e non riesco più a dormire, probabilmente un giorno di questi avrò una complicazione, il mio corpo si bloccherà tanto che non avrò modo di chiamare l'ambulanza e piano piano, nel mio letto, mi spegnerò. E' tutto, non ho altro da raccontarle.
- E' terribile figliolo, la tua storia mi ha lasciato senza parole.
- Lo so, strana ma vera. Ora padre, mi dica lei come posso espiare i miei peccati.
- Figliolo, non sta a me dirtelo, tu lo sai meglio di me cosa devi fare, già sei pentito ed è una cosa buona, Dio ti perdonerà ma quella ragazza e tuo figlio riusciranno a perdonarti il fatto di averli abbandonati?
- Non lo so padre, ma forse è stato meglio così.
- Non credo figliolo, e ti esorto ad andarli a trovare, hai il diritto e il dovere di vedere tuo figlio. Non credi?
- Credo di sì.

- E allora, ci andrai?
- Forse…
- Atto di dolore…
- …mio Dio, mi pento e mi dolgo con tutto il cuore dei miei peccati, perché peccando ho meritato i tuoi castighi, e molto più perché ho offeso te, infinitamente buono e degno di essere amato sopra ogni cosa. Propongo con il tuo santo aiuto di non offenderti mai più e di fuggire le occasioni prossime di peccato, Signore, misericordia, perdonami.
- Dio, Padre di misericordia, che ha riconciliato a sé il mondo nella morte e risurrezione del Suo Figlio, e ha effuso lo Spirito Santo per la remissione dei peccati, ti conceda, mediante il ministero della Chiesa, il perdono e la pace. E io ti assolvo dai tuoi peccati nel nome del Padre e del Figlio e dello Spirito Santo.
- Amen.
- Va in pace! Sia lodato Gesù Cristo.
- Sempre sia lodato.

28 aprile 2007

www.ingramcontent.com/pod-product-compliance
Ingram Content Group UK Ltd.
Pitfield, Milton Keynes, MK11 3LW, UK
UKHW041927190726
13854UKWH00003B/1480

9 781847 993403